✦ 소심한 사장의 20년 경영 에세이 ✦

죄송하지만
제가 사장 입니다

✦ 소심한 사장의 20년 경영 에세이 ✦

죄송하지만
제가 사장 입니다

이상호 지음

ⁿBook

나는
CEO다

1부

2부 ◆ 여행사 CEO로
살아가는 법

슬쩍 슬쩍 꺼내둔 이야기들

코로나의 한 가운데 서 있습니다.

이제껏 겪어 보지 못한 사나운 태풍 속에 알몸으로 내쳐진 기분입니다.

불안하고 조바심이 날 터인데 우습게도 저는 평온합니다. 역설적이게도 지난 시간을 되돌아보는 한가로움마저 가질 정도입니다.

고깃배를 집어삼키고 항구를 뒤집어 놓은 거센 비바람이 한 길 아래 바닷속에서는 흐트러졌던 질서를 바로잡는 일을 한답니다.

참 열심히 살아왔던 것 같습니다.

삼천리자전거에 신입사원으로 입사한 이래, 한 번도 제 뜻으로 회사를 옮긴 적이 없습니다. 앞만 보고 달려왔습니다. 대리를 달고 경영지도사 자격증을 땄고 과장이 되어서는 산업 카운슬러가 되었습니다. 차장과 부장을 거치면서 석사학위와 공인중개사 합격증을 받았고, 임원에 올라서는 박사학위와 겸임교수의 타이틀을 갖게 되었습니다.

잠시 멈추어 있는 시간, 예상치 못한 팬데믹이 앞만 보고 내달리던 제 발목을 잡고 지나온 날들을 돌아보게 했습니다. '멈추면 비로소 보이는 것들'이 이제 하나씩 보이고 있습니다.

지난 몇 년간의 글을 모았습니다.

마감시간에 쫓겨 짜내듯 쓴 글도 보이고 분명 글을 쓸 때는 귀감이 될 법한 조언이라고 생각했는데 지나고나니 '꼰대의 잔소리'인 글도 보입니다. 이삭줍기를 하는 기분입니다. 분명히 다 거두었다고 생각했는데 아직도 들판에는 낱알이 많이 떨어져 있습니다.

책의 제목 '죄송하지만 제가 사장입니다'는 제가 늘 하고 싶었던 마음속의 두 마디 이야기입니다. 하지만 언젠가부터 한 번도 입 밖으로 꺼내지 않은 말이기도 합니다.

"죄송합니다."

"제가 사장입니다."

사장은 죄송해서는 안 됩니다.

잘못된 결정을 내린 사장만이 죄송하기 때문입니다. 나쁜 결정은 회사만 바라보고 있는 수많은 직원과 그 가족들을 위태롭게 합니다. 진짜 미안한 마음이 들 때는 죄송하다는 말보다는 문제를 해결하려는 의지와 실천을 먼저 고민했습니다.

'내가 사장이야'라는 말도 하지 않고 있습니다.

일주일을 밤낮으로 고민해서 이야기를 꺼냈는데 누군가 반대 의견을 내비칠 때는 '내가 사장인데'라 말하고도 싶습니다. 꼭 필요한 일을 지시했는데 아무런 답이 없는 상황에 맞닥뜨리면 '사장을 뭘로 아느냐'고 질책도 하고 싶었습니다. 하지만 그러지 않았습니다. 제가 잘못했을 수도 있기 때문입니다.

회사에서는 하지 못한 말을 몇 개의 매체를 통해서는 슬쩍 슬쩍 토로했던 것 같습니다.

소심한 경영자의 말 못할 실수와 고민도 담았고 세계여행 전문가도 아닌 주제에 여행에 대해 짐짓 아는 척을 했던 부끄러운 글들도 보입니다.

편히 읽어주시기 바랍니다.

저는 조금만 더 앞으로 달려가 보겠습니다.

2021. 3. 30
소심한 직장인
이상호

제1부

나는
CEO다

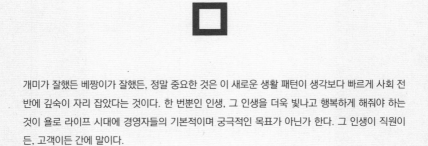

개미가 잘했든 베짱이가 잘했든, 정말 중요한 것은 이 새로운 생활 패턴이 생각보다 빠르게 사회 전반에 깊숙이 자리 잡았다는 것이다. 한 번뿐인 인생, 그 인생을 더욱 빛나고 행복하게 해줘야 하는 것이 욜로 라이프 시대에 경영자들의 기본적이며 궁극적인 목표가 아닌가 한다. 그 인생이 직원이든, 고객이든 간에 말이다.

-- 욜로(YOLO) 라이프 중

호기심과
무관심
사이

　남들에 비해 호기심이 많은 편이다. 호기심(好奇心). 글자 그
대로 풀어보면 '신기한 것을 좋아하는 마음'인데 필자의 마음이
딱 그렇다. 최신 휴대폰이 나오면 누구보다 먼저 써봐야 하고, 태
블릿이건 스마트워치건 일단 구하고 나서 사용법을 배웠던 적이
한두 번이 아니다.

　날이 갈수록 발전하는 호기심은 물건을 사서 궁금증을 해소하
는 데만 머물지 않는다. 신기한 것을 좋아해서 낭패를 본 기억도
있다. 연전에 멕시코 출장을 갔을 때의 일이다. 무심코 'M' 표시
가 되어 있는 화장실에 들어갔다가 기겁을 했다. 있어야 할 소변
기는 보이지 않고 화장을 고치고 있는 여성과 눈이 마주쳤기 때문
이다. 에스파냐어로 여성을 무헤레스(Mujeres)라고 부르는 걸 몰라
서 생긴 일이다. "아임 쏘리!" 황급히 사과하고 후다닥 뛰어나왔
다. 여기까지면 좋았을 것을, 해외 출장 중 멋진 풍경보다는 이런

문화 차이에서 오는 신기한 에피소드를 사진으로 기록하는 호기심이 문제였다. 슬쩍 스마트폰을 꺼내 여자 화장실의 M자를 촬영했다. 그런데 이게 웬일. 얼마 지나지 않아 현지 경찰이 와서 스마트폰을 좀 보자고 하는 것이 아닌가. 그도 그럴 것이 중년의 동양 사내가 여자 화장실에 무단으로 들어갔다 나온 직후 화장실을 촬영하는 상황이라니 누가 봐도 이상한 일이기는 했다. 이런 호기심 때문에 사실 가장 큰 피해를 보는 것은 주변 사람들이다. 자꾸 질문을 하기 때문이다. '호기심이야 말로 인간을 인간이게 하는 특성'이라고 아리스토텔레스가 말했다지만 궁금증을 해소시켜 줘야 할 사람들에게 여간 귀찮은 일이 아니다. '왜 그럴까?'라는 질문을 항상 머릿속에 넣고 다니는 깐깐한 사장이라니, 실무자들 입장에서는 전혀 반갑지 않은 존재일지 모른다.

'호기심 천국' 속에서 30년 넘게 직장생활을 하다 보니 나름의 주관도 섰다. CEO의 호기심은 기업에 부정적인 면보다는 긍정적인 작용이 더 많다는 깨달음이다. 사장이 회사의 모든 것을 완벽히 알아야 할 필요는 없고 가능하지도 않다. 하지만 사장이 '전혀 모르는 분야'가 한군데라도 있어서도 안 된다. 인재를 적재적소에 배치하고 명확히 업무를 분장해 최대의 성과를 내도록 조직하는 일이 말처럼 쉬운 것이 아니기 때문이다. 자금의 흐름과 품질관리, 시대의 트렌드와 회사를 도약시킬 새로운 아이템, 그리고 마케팅 전략에 이르기까지. CEO는 항상 이 질문들에 대해 고민해야 하고 소중한 파트너인 직원들과 함께 해법을 찾아야 하는 숙명을 가지고 있다. 기업을 경영하는 입장에서 뭔가를 바꾸어 낸다는 것은 꽤 고통스러운 일이다. 만만치 않은 내부의 반대와 둔해져버린 조직의 무게, 말라버린 열정과 아이디어 앞에 서면 눈앞이 캄캄해질 때도 있다. 이를 해결할 수 있는 유일한 길은 끝없는 호기심과 궁금증을 해결하기 위한 노력이다.

물론 호기심이 일정한 수준을 넘어서면 지나친 참견이 되고 이를 받아들여야 하는 직원들은 견디기 힘든 스트레스를 받는다. 현대 경영학의 아버지 피터 드러커는 '성공적인 리더가 되기 위해서는 질문하고 위임하라'고 이야기 했다. 나사를 조일 때 적당한 힘을 가해야지 계속 힘주어 돌리기만 해서는 망가져 버리는 것과 같은 이치다. 호기심과 열정을 가진 CEO가 그래서 갖추어야 할 또 하나의 덕목은 '무관심'이다. 귀찮고 어렵다는 핑계로 관심을 끊어버리는 나태한 무관심이 아닌, 아랫사람에게 권한의 상당 부분을 위임하고 한발짝 물러나서 지켜보며 자율성과 책임감을 높여주는 그런 애정 어린 무관심 말이다.

호기심과 무관심이 적절한 조화를 이루면 기업을 경영하는 세련된 스킬이 될 수 있다. 하지만 대부분의 경영 이론이 그렇듯 말처럼 그리 쉬운 일은 아니다. 그래서 필자는 오늘도 호기심과 무관심 사이를 헤매고 있는 건지 모른다.

2019.05.13

CEO들이여,
단체여행을
떠나보라

은퇴 이야기를 하려고 한다. 한자 그대로 풀어보면 숨길 '은(隱)'에 물러날 '퇴(退)', 조용히 물러난다는 뜻이다. 그런데 은퇴의 한자 풀이에는 또 다른 뜻이 있다. 숨길 '은'은 사전을 찾아보면 '가엾어 하다' '근심하다'라는 쓰임새가 나온다. 물러날 '퇴'는 '겸양(謙讓)하다' '움츠리다'라는 뜻이 되기도 한다. 억지로 엮어보면 가엾게 움츠린 모습? 어째 느낌이 좋지 않다. 7년 전에 삼성생명과 서울대가 공동으로 연구 개발해 '은퇴준비지수'라는 개념을 내놓은 바 있다. 사람들이 은퇴 이후의 삶을 얼마나 잘 준비하고 있는지 수치화 한 것인데, 평가 기준이 '여가, 일, 가족과 친구, 주거, 마음의 안정, 재무, 건강' 등 7개 항목이다. 항목 중 가장 눈에 띄는 것이 '마음의 안정'이다.

실제로 대한민국 남성은, 특히 CEO 출신이라면 은퇴 직후 급격하게 멘털이 무너질 가능성이 크다. 꽤 오랫동안 남들로부터 '챙김'을 받는 삶을 살아왔기 때문이다. 회사의 대표라는 상징적인 자리는 본인이 원하든 원하지 않든 여러 의전을 받게 된다. 회사와 관련된 모든 모임에 그의 좌석은 가장 좋은 곳에 마련되어 있을 것이며, 어떤 행사에 가더라도 그가 불편함을 느끼지 않는 최적의 동선이 구비되게 마련이다. 갓난아기처럼 모든 것을 챙겨 받던 그가 일순간 아무도 신경 쓰지 않는 보통사람이 된다는 것은 마치 강보에 싸여 버려진 아기와 같은 처지가 된다는 이야기다. 말할 수 없는 허전함과 소외감은 때로는 타인에 대한 분노로 변하기도 하고, 좀 더 지나면 자괴감으로까지 발전한다. 위험하다. 은퇴의 또 다른 뜻으로 글머리에 예를 든 '가엾게 움츠리고 있는 모습'이 눈에 보이지 않는가? 은퇴준비지수의 항목 '마음의 안정'이 중요한 이유가 여기에 있다. 배려 받던 자리에서 남을 배려하는 위치로 돌아가는 것, 이를 얼마나 슬기롭게 해낼 수 있는가 여부가 CEO의 은퇴 후 남은 생을 좌우한다.

이제서 본론을 슬며시 꺼내본다. 패키지여행을 한번 떠나시라. 여행사 대표라서 하는 말이 아니다. 은퇴 이후 평범한 삶으로 돌아갈 가장 좋은 예행연습은 단체여행을 경험하는 것이다. 시선과 몸을 낮추어 남을 배려해 보는 기회이기 때문이다. 비단 은퇴를 준비하는 누군가가 아니라 현직의 전성기를 누리고 있는 CEO라 할지라도 이런 훈련은 필요하다. 여행을 간다면 너무 비싼 상품은 피하고 가성비를 강조한 열흘 이상의 장거리 여행을 권한다. 단체여행에서는 다음과 같은 것을 배울 수 있다.

첫째, 좋은 것을 양보할 줄 아는 미덕을 배우게 된다. 버스 맨 앞자리는 가이드와 인솔자 자리, 그 다음으로 좋은 자리는 일행 중 가장 나이가 많거나 몸이 불편한 분이 앉는 자리다. 내 자리는 뒤쪽 어느 한 구석이 되는 것이 당연하다. 식당에서도 마찬가지다. 여성과 노인들, 약자가 먼저 창가 자리를 차지하고 나는 그 다음이다. 둘째, 생각과 처지가 전혀 다른 사람과 소통하는 법을 배우게 된다. 처음 버스를 탔을 때 견딜 수 없이 어색하던 사람들이 놀랍게도 딱 3일만 지나면 친구가 된다. 눈인사만 주고받다가 친화력 있는 누군가(대부분 50~60대 여성) 먼저 말을 건네는 순간 물꼬가 트인다. 이런저런 이야기를 주고받다 보면 어느새 10년은 알고 지낸 이웃사촌처럼 친해진다. 그 사소한 대화 속에서 깨닫고 배우는 것이 의외로 많다. 셋째, 인내할 줄 아는 법을 배우게 된다. 여행 일정이, 가이드가, 현지의 날씨가 모두 내 마음대로 되는 것은 아니다. 한마디 끼어들고 싶은 상황도 단체여행이기 때문에 참고 넘어가게 된다. 인내의 끝은 '참기 잘했다'는 안도감이다.

2019.03.18

포커페이스로
경영하기

"오직 인간만이 얼굴(Prosopon)을 가지고 있다." 고대 그리스의 철학자 아리스토텔레스가 내린 정의다. 헬라어 프로소폰은 라틴어 페르소나(Persona)로 번역된 후, 오늘날 퍼스널리티(Personality)의 어원이 됐다.

사람의 얼굴에는 60여 개의 근육이 있다. 이 근육들이 서로 달리 움직이며 1만 가지에 가까운 표정을 만들어낸다고 한다. 놀라운 것은 오직 사람만이 그 표정의 미세한 차이를 알아챌 수 있다는 것이다. 거짓 웃음과 진짜 웃음, 두 장의 사진을 보여주었을 때 제 아무리 발달한 인공지능이라도 그 차이를 구분해 낼 수 없지만 사람은 초등학생이라도 대번에 알아볼 수 있다. 천변만화(千變萬化)하는 표정을 지을 수 있는 얼굴과 그 표정을 알아볼 수 있는 능력 덕분에 사람들은 말하지 않아도 소통할 수 있게 됐다.

언제부터인가 검찰청 포토라인에 서서 플래시 세례를 받는 유명인의 얼굴이 낯설지 않다. 그 흔한 모습 중에 최근 들어 가장 눈에 띈 것은 특검사무실로 출두한 경남도지사의 얼굴이다. 지극히 평온한 표정, 옅은 미소를 살짝 띠면서 어떤 불쾌함도 보이지 않는 완벽한 '포커페이스'. 모든 감정을 넘어선 듯한 무표정 덕분에 혹자는 "뭘 잘했다고 저리 뻔뻔한가"라 야단을 치고 또 다른 이는 "죄가 없으니 역시 당당한 모습"이라며 박수를 보낸다.

여기에 비하면 기업인의 출두 모습은 안타깝기 그지없어 보인다. 잔뜩 주눅 든 표정과 근심걱정이 가득한 얼굴로 앞도 똑바로 쳐다보지 못하는 경우가 대부분이다. 표정관리에 자신이 없는 기업인은 휠체어라는 소품을 활용해 자신의 처지를 더욱 초라하게 표현한다. 미세먼지 걱정 없는 날에도 마스크는 필수고, 여기에 간호원과 링거까지 걸고 등장한다면 집요한 언론사 기자들도 인터뷰를 포기하고 만다. 물론 그 소품을 사용하기 위해서는 어느정도 연륜도 있어야 함은 물론, 때로는 국민들로부터 더 많은 비아냥을 받을 각오를 해야 하지만 말이다. 혐의의 경중이나 파워게임에서의 위치에 따라 결과는 달라지겠지만, TV에 나타난 포토라인의 유명 인사 중에는 포커페이스를 제대로 유지한 정치인 쪽이 승리자로 보인다.

경영자의 표정관리는 대단히 중요하다. 집에서 아이들에게 용

돈을 쥐어주는 아버지의 표정은 온화해도 좋고 한껏 들떠 있어도 상관없다. 하지만 내 가족뿐 아니라 다른 이들의 생계까지 책임지고 있는 경영자가 되면 사소한 감정 표현이 때로는 낭패가 되어 돌아올지 모른다는 두려움을 늘 곁에 두고 있는 것이 사실이다. 회사의 운명이 걸린 중요한 회의를 할 때 참석자들은 사장의 얼굴 표정을 살핀다. 난감하다. 때로는 근엄하게 또는 신중하고 결단에 찬 표정을 짓고 싶지만, 본업이 배우가 아닌지라 대개 어설픈 표정을 지을 수밖에 없다. 이런 일이 몇 번 반복되면 대부분의 경영자는 가장 방어적인 표정, 인상을 쓰는 얼굴로 상황을 대처하는 자기만의 대비책을 가지게 된다. 기분이 좋지 않을 때 단답형으로 말을 맺는 필자의 케이스도 예외는 아니다.

사실 이런 경우 가장 바람직한 얼굴은 앞서 예를 든 포커페이스다. 원래 도박용어로 나온 말이지만 이 단어가 도박장을 빠져 나오는 순간, 남을 속이기 위한 것이 아닌 마음의 평정을 찾기 위한 자기 노력이 된다. 쉼 없이 고뇌하고 흔들리는 상황에서의 무표정은 어쩌면 혹독한 자기 수양의 결과가 아닐까.

직원들이여 사장의 무표정에 실망하거나 겁먹지 말기 바란다. 기업의 역사를 돌이켜 보았을 때 무표정보다 과도한 감정의 낭비와 그로 인한 오해가 불러일으킨 참사가 더 많지 않았던가.

2018.08.27

직원과
잘 헤어지는 법

　　CEO로 살다 보면 정말 많은 만남과 이별을 경험하게 된다. 보통사람의 이별이 아주 가끔 있는 일이라면 CEO가 겪는 이별은 정기적일뿐더러 그 경우의 수도 많아 하나의 패턴까지 이루기도 한다. 그렇다 직원 이야기다. 면접장에서 눈빛을 초롱초롱 빛내던 신입사원이, 이 회사에 합격만 시켜준다면 날개를 활짝 펴고 언제까지고 열정적으로 일하겠다던 그 친구가 몇 달 후에는 뜬금없이 유학을 가기로 했다며 사표를 들고 나타난다.

　　아니 이럴 걸 왜 그렇게 간절히 합격시켜 달라고 했나 살짝 원망스러운 맘도 들지만 이내 생각을 고쳐 잡는다. 빛나는 스펙과 화려한 언변에만 끌려 사람을 뽑은 탓이 반이고, 그에게 비전을 제시하지 못한 잘못이 반이다. '열 손가락 깨물어 안 아픈 손가락 없다'지만, 10년 가까이 함께했던 간부 사원이 그만두겠다고 나선 경우는 솔직히 신입사원 때보다 좀 더 아프다.

이런 강요된 이별을 경험할 때마다 '회자정리 거자필반(會者定離 去者必返)'이라는 법화경의 성어를 떠올린다. 만남은 헤어짐을 전제로 하고, 떠난 자는 또 다시 어디선가 만나게 되게 마련이다. 그렇기에 떠나는 이를 원망해서는 안 되고 다시 만날 날을 준비해야 한다. 이별을 결심한 상대의 마음을 되돌리는 것은 불가능에 가깝다. 더구나 사표가 사장 선까지 왔다는 것은 돌이킬 수 없는 상황이라는 말이기도 하다. 그래서 퇴사를 만류하거나 사표를 반려하는 일은 없다. 그저 이런 힘든 결정을 내리기 전까지 얼마나 고민했을까 얼마나 많은 불면의 밤을 지새웠을까 이해하려고 노력한다. 회사의 리더로서 퇴사를 앞둔 직원들에게 몇 가지 원칙을 세워 응대하고 있다.

첫 번째, 단독 면담으로 이야기를 듣는 시간을 가진다. 월급이 적다, 일이 너무 많다, 아니면 사람이 싫다. 정말 솔직한 퇴사 이유는 위 세 가지 중 하나다. 퇴사자의 이야기를 듣는다고 해서 월급을 갑자기 올려줄 수도 없고 일을 줄여줄 수도 없다. 그가 싫어하는 사람을 내보내는 것은 더욱 불가능하다. 당장 아무것도 해결해 줄 수 없다해도 이야기는 들어야 한다. 회사의 현주소를 알게 해주기 때문이다. 면담 내용은 극비에 부치고, 퇴사자의 희망사항을 티 날 정도로 바로 반영하는 일도 없다. 하지만 긴 안목에서 보면 이런 목소리들은 언젠가는 경영방침에 녹아든다.

두 번째, 떠나는 직원의 주변을 살핀다. 결혼이나 출산을 앞둔 상황은 아닌지, 부모님이 병중에 계신 것은 아닌지 알아본다. 퇴사자라 할지라도 대소사는 반드시 챙기기 위함이다. 사표 한 장으로 회사와 당신의 인연이 완전히 끊어진 것은 아니라는 이야기를 해주고 싶은 것이다.

세 번째, 함께할 수 있는 일을 찾아본다. 옮길 직장이 이미 정해졌거나 너무 짧은 기간 근무한 직원의 경우는 예외다. 그래도 회사를 가장 잘 아는 것은 수 년 간 열심히 근무했던 퇴사 예정자이며, 한때 높은 충성도를 가졌던 인재이기도 하기 때문이다. 서로 도움을 주고받을 수 있는 일은 없을까 함께 고민해본다. 실제로 이 제안을 통해 부서를 옮기거나 고용형태를 바꾸어 계속 관계를 이어가는 경우가 꽤 많다. 이 때문인지 유능한 간부가 경쟁사로 자리를 옮겨 함께 일하던 동료들에게 비수를 꽂는 일도 겪지 않았다.

퇴사를 결심한 직원은 이유야 어떻든 회사를 원망하는 마음이 들 수밖에 없다. 최종 인사권자인 사장을 원망하는 마음이 제일 클지 모른다. 이런 친구들에게 "왜 그 정도를 참지 못 하는가"라고 얘기하는 것은 별 소용이 없다. 위 세 가지 절차는 그들이 갖고 있는 원망의 1할이라도 덜어주고픈 마음에서 시행하고 있다. 오해라면 풀어주고 갈등이었다면 화해하고 싶은 마음이다.

2018.06.18

CEO와
의사봉議事棒

　　검은 법복을 차려 입은 판사가 심판대에 앉아 근엄한 목소리로 말한다. "피고에게 무죄를 선고한다. 땅땅땅." 법정 드라마에서 자주 나올 법한 상황인데, 대부분 억울한 누명을 쓴 주인공이 피고가 되어 천신만고의 노력 끝에 무죄를 선고받는 해피엔딩으로 끝난다. 여기서 퀴즈 하나. 위 상황의 옥에 티는? 정답은 '땅땅땅'이다. 흔히들 생각하는 것과는 다르게 현재 우리 법원에서는 나무망치를 세 번 내리쳐 판결 종료를 알리는 의사봉(법정에서는 '법봉'이라고 한다)을 사용하지 않고 있다.

　　1960년대 이후로 사법부가 권위주의에서 벗어나자는 취지에 따라 이 과정을 폐기해 버렸기 때문이다. 얼마 전 겪었던 탄핵정국에서도 국회 탄핵소추안이 가결되었을 때는 정세균 의장이 의사봉을 들었지만, 헌법재판소의 탄핵결정 때 이정미 헌재소장 권한대행의 책상 위에는 나무망치가 없었다.

의사봉은 의장이 회의를 진행할 때 사용하는 도구다. 국회 등 의결기관의 의장이 개최·개의·산회 등을 선언할 때 이를 두드려 시점을 알리고 안건의 가결과 부결을 알릴 때도 쓴다. 또 회의장이 소란해 회원들에게 주의를 환기시킬 때 사용되는 경우도 있다. 의사봉은 보통 세 번 내려친다. 사실 의사봉은 법적 효력이 전혀 없다. 그래서 한 번을 치거나 두 번을 치거나 아니 심지어 의사봉을 치지 않아도 회의 진행이나 안건의 성립, 결과 선포에 문제가 되는 일은 없다. 예전 뉴스에서 가끔 보이던 국회의 다이내믹한 풍경들. 국회의원들이 법안 날치기 통과를 막기 위해 의사봉을 감추어놓거나 의사봉을 내리치는 의장을 향해 돌진해 이를 빼앗으려는 모습은 그저 강력한 반대의 의지를 보여주는 상징적인 의미였던 것이다. 의사봉은 영어로 '개블(gavel)'이라고 하는데 '회의의 시작부터 종료까지의 기간, 즉 회기(會期)'를 나타내는 표현은 '개블 투 개블(gavel to gavel)'로 쓰고 있다.

의사봉은 상장기업의 CEO와도 관련이 있다. 모든 경영자는 해마다 봄이 되면 이 의사봉을 잡고 수 십 번을 내리쳐야만 하는 날을 맞이한다. 주주총회 이야기다. 필자도 얼마 전 열린 '수퍼 주총 데이' 때 의장을 맡아 의사봉을 잡았다. 10년 넘게 하고 있는 일인데도, 이 나무망치에 어떤 마법이 걸려 있는 건지 의사봉만 잡으면 가슴이 심하게 두근거리며 고민에 빠지게 된다.

말을 끝내자마자 두드리는 것이 좋을까? 한 1초 후에 두드릴까? 간격은 어떻게 하는 것이 좋을까, 연이어 치면 너무 급하게 보여 날치기 통과를 하는 것 같고 그렇다고 여유를 두면 좀 권위적으로 보일지도 모르니 말이다. 강도는 얼마나 세게 해야 하나? 살살 치면 소심하게 보이고 너무 세면 오버스러운 느낌이 들지도 모른다. 그런 고민 속에서 개회와 정족수 확인, 안건 상정과 통과, 폐회까지 총 24번의 망치질을 마쳤다. 올해도 참관했던 이에게 물어보니 역시 망치질의 스피드가 일관성이 없었나 보다. 개회와 정족수 확인, 첫 번째 안건 통과 때까지는 빠르게 두드리다가 몇 개의 안건이 통과되고 나서는 다시 여유를 찾더란다.

세상 시름을 다 짊어진 경영자의 고민이란 것이 의사봉을 두드리는 템포와 마찬가지가 아닐까 생각해본다. 연초에 페이스가 엉키면 마음이 조급해지고 혼선이 생기게 마련이다. 이 때 필요한 것이 평정심인데 이것이 쉽지는 않다. 이렇게 고심하다가 반기가 지나고 실적이 어느 정도 궤도에 오른 것이 확인이 되면, 그때서야 여유를 찾고 다음 해를 고민하게 된다.

얼마나 더 주총의 의장을 맡아야 물 흐르듯 자연스럽게 의사봉을 두드릴 수 있을까? 정말 마음 편하게 나무망치를 두드릴 수 있는 날은 일선에서 물러나 은퇴하게 되는 순간과 동시에 오는 것은 아닐까 생각해본다. 이 세상 모든 CEO의 마음 편한 망치질을 응원한다.

2018.04.09

CEO가
설날을 보내는
방법

　'까치 까치 설날은 어저께고요. 우리 우리 설날은 오늘이래
요.' 동요 작가 윤극영이 노랫말과 곡을 쓴 '설날'의 첫 소절이다.
우리 명절에 관한 노래 중에서는 가장 유명한 노래가 아닐까 싶은
데, 국민 모두가 알고 있는 1절에 비해 그다음 소절부터는 가사를
아는 사람이 거의 없다. 이 노래 4절은 이렇게 시작한다. '무서웠
던 아버지 순해지시고. 우리 우리 내 동생 울지 않아요.'

　재미있다. 설날의 넉넉함과 화목함이 노랫말에 따뜻하게 드러
난다. 1924년에 만들어진 노래니 거의 100년이 되어 가는데도 작
가가 노랫말을 쓸 때 지었을 흐뭇한 미소까지 보이는 것 같다. 설
날에는 이렇게 다들 즐겁다. 눈 쌓인 고향 마을 나무 위 까치가 울
자 그 밑에 있던 검둥개가 왈왈 짖어대고 그 소리에 놀란 까치가
더욱 시끄럽게 울어대는 풍경. 생각만 해도 기분 좋아지는 그런
대표적인 풍경이 설날이다.

모두가 기쁜 설날이지만 예전에 기업을 운영하던 사장님들은 그렇지 않았던 것 같다. 주당 노동시간이 지금의 두 배를 넘어가던 시절에도 설날과 추석 양대 명절은 '불가침'의 영역이었다. 급격한 산업화로 헤어져 살던 이산가족들이 한자리에 모이는 날이기 때문이다. 그 날을 직원들이 제대로 보낼 수 있도록 하기 위해 사장들은 속칭 '똥줄'이 탔다. 많든 적든 얼마간의 현금이 든 보너스 봉투를 직원 수대로 준비해야만 했고 거래처에 밀린 대금이라도 있다면 명절이 오기 전에는 무슨 수를 써서라도 해결해 주는 것이 인지상정이었다. 미수금을 받기는 또 얼마나 힘들었나. 몇 번을 부탁하고 찾아가서 받아와야 겨우 보너스 봉투를 채울 돈을 마련할 수 있었다.

한 해의 실적이 어찌될지 모르는 연초에 나가는 보너스는 사장의 입장에선 내심 불안하다. 3일 연휴가 귀하던 시절, 납기는 정상적으로 해야만 했으니 명절을 앞두고 들뜬 직원들을 독려하느라 여유를 부릴 틈도 없다. 설 전날 퇴근길 직원들 손에 작은 과일 상자 하나씩이라도 쥐어서 보내는 준비도 해야 했다. 그뿐이랴, 새털같이 많은 거래처 담당자 한 명 빼놓지 않고 인사를 다니고 손사래를 치는 담당자 옷깃에 억지로 구두티켓이라도 하나 찔러 넣어 주어야 했다.

사실 이 이야기는 50여년 전 작은 건설회사를 운영하던 필자 선친의 모습이다. 지금 생각해보면, 옛날 사장들은 회사에서 '아

버지'와도 같은 존재가 아니었을까. '가부장적(家父長的) 기업문화'
라는 말도 그래서 나온 것이지 싶다. 평소 무서웠다가도 설날에는
순해지는 아버지, 명절만큼은 우리 자식들 배불리 먹이고 좋은 옷
입히고 싶은 것이 가장의 마음 아니던가. 고생한 만큼 보람도 있
고 재미도 있지 않았을까. 그게 예전 설날을 맞이하는 사장님들의
마음 아니었을까 감히 생각해본다.

　2018년의 설을 맞이한 CEO의 심정은 좀 다르다. 아주 간단히
표현하면 '심심하고 외롭다'. 김영란법 덕분에 값비싼 선물을 고
민할 일도 없고, 보너스 봉투를 채워야 하는 수고도 완벽히 전산
화된 회계 시스템 덕분에 그저 마우스로 결재만 하면 된다. 예전
의 설 보너스가 아버지가 고생하며 베푸는 '선물'이었다면, 지금
의 보너스는 투명한 회사경영을 기반으로 한 '노동자의 권리'가
되었다. 그래서 외로움이 느껴지는 것일지 모르겠다. 언제부터인
가 CEO의 가장 중요한 덕목은 '배려와 경청'이 되어버렸다. 그저
주기만 하고 듣기만 하라는 건데 그 깊은 뜻을 모르는 바 아니지
만 솔직히 내심 섭섭하기도 하다.
　그래도 즐거운 설날이다. 무서웠던 아버지가 순해지고 울보 동
생도 울음을 그치는 날. 까치도 즐겁고 검둥개도 즐거운 2018년
의 설날이 한반도 전체가 즐거운 민족 최대의 명절이 되었으면 하
는 바람이다.

2018.02.19

실버는
실버가 싫다

2018년 무술년이 밝았다. 올해 주목받는 사람들은 그 유명한 '58년 개띠'들이다. 이들은 올해 환갑을 맞이한다. 그리고 우리나라 기업의 법정 정년이 60세이므로 정년퇴임도 동시에 맞게 된다. 사실 그들이 올해 회사를 떠난다는 것은 직장인으로서는 '천수(天壽)'를 누리는 것이나 마찬가지니 그리 섭섭한 일은 아니다.

58년 개띠가 우리 사회에서 가지는 의미는 각별하다. 전후 '베이비붐' 시대의 시작을 연 세대이며, 이들이 고교에 입학하던 1974년은 고교 평준화가 시작되기도 했다. 사회의 중추 역할을 했던 마흔 무렵에는 사상 초유의 외환위기를 겪으며 조기 은퇴 대열로 내몰렸다. '사오정(45세 정년)' '오륙도(56세까지 다니면 도둑놈)'라는 유행어까지 등장할 정도의 사회 분위기 속에서 유능한 부하 직원과 추상같은 상사의 틈바구니 사이 '낀세대'이기도 했다. 그런 그들이 이제 60세 정년을 채우고 현장에서 물러난다.

첫 베이비부머의 은퇴. 올해부터 공식적으로 해마다 80만 명에 가까운 사람이 이제 일터에서 집으로 쏟아져 나온다는 사실은 사회의 소비패턴과 트렌드가 바뀔 수도 있을만한 사건일지 모른다. 고령인구를 대상으로 하는 실버산업이 이제야 제대로 기회를 맞게 되는가. 실버산업이 '기회의 땅'이라는 이야기는 이미 30년 전에 나왔다. 하지만 실버의 이름을 붙인 아이템치고 제대로 성공했다고 할 수 있는 것은 필자의 기억에는 요양병원 말고는 없다. 왜일까?

여행사에서 효도관광이 사라진 이유를 들여다 보면 어느 정도 짐작이 가능하다. 해외 여행의 대명사였던 효도관광이 사라진 것은 대한민국의 모든 자식이 불효자가 되었기 때문이 아니다. 그 유일한 이유는, 아직도 체력적으로 경제적으로도 우월한 60대가 "내가 왜 효도관광을 가야 하나"라는 불만을 갖기 때문이다. 실버산업의 주요 고객은 스스로를 '실버'라는 틀 속에 가두고 싶어하지 않는다.

어떻든 실버산업은 성공할 확률이 높다고 본다. 다만, 성공을 위해서는 몇 가지 조건이 있다. 첫째 '실버'라는 이름을 버려야 한다. 앞으로 40년을 더 살아야 할 사람들을 '은색 감옥' 안에 가두어 놓는 것은 장사를 하지 않겠다는 이야기다. 흰머리가 싫어서

젊을 때는 새치를 뽑고 나이 들어서는 검게 염색을 해온 사람들이 바로 고객이다. 둘째, 마케팅 타깃은 실제 구매층보다 한참 아래로 잡아야 한다. 60대에게 아이템을 팔고 싶으면 40대를 대상으로 마케팅을 펼쳐야 한다. 구매력이 있는 실버들은 세대를 넘나든다. 팔아야 할 물건이 의료보조기구가 아니라면 젊은 마케팅이 좋다. 나이 들어서 가장 듣기 좋은 두 가지 말이 "젊어보이세요"와 "어려보이세요"라는 것을 명심하자. 셋째, 가격 경쟁보다는 단골 확보에 힘써야 한다. 실버들은 돈 몇 푼 아끼기 위해 몇 시간씩 가격 비교를 하지 않는다. 아마도 평생 비교와 경쟁 속에 시달렸던 데 대한 반감이 아닌가 싶기도 하다. 이들은 마음에 드는 회사나 제품을 만나면 의외로 쉽게 충성고객이 된다.

새해를 맞아 언론과 방송에서는 58년 개띠들에게 "빨리 제2의 인생을 설계하라"고 닦달한다. 제발 그러지 말자. 40년간 뛰어 왔으니 잠시 멈춰 쉬어도 좋은 것 아닌가. 고단하게 살아온 개띠 형님들께 돼지띠 동생이 감히 한 말씀 드린다. "정말 수고하셨습니다. 노후는 국가가 책임지라 하고, 이제부터는 부디 하고 싶은 일만 하십시오"

<u>2018.01.22</u>

두 개의 마음이
하나로 모이는
12월

'원투 펀치'라는 말이 있다. 원래는 복싱 기술의 하나로 가벼운 잽으로 타격한 후 스트레이트를 쭉 뻗어 상대를 가격하는 교과서적인 기술이다. 이 말이 야구로 가서 한 팀에서 가장 믿음이 가는 1선발과 2선발 투수를 묶어서 부르는 표현이 되었다. 팀에서만 믿어주는 것이 아니라, 기록이 증명하고 팬들이 좋아해야 진정한 원투 펀치가 된다.

메이저리그 역사상 원투 펀치의 위력이 돋보였던 대표적인 경기는 2001년의 월드시리즈다. 당시 우리나라 김병현 선수가 마무리로 뛰고 있던 애리조나 다이아몬드백스의 원투 펀치는 지금은 전설이 된 랜디 존슨과 커트 실링이었다. 월드시리즈에서 이 콤비는 전체 투수진이 소화한 66이닝 중 40이닝을 소화하며 4승을 따내 팀에게 우승 트로피를 안겼다.

올해 코리안시리즈 우승팀 기아 타이거즈에도 뛰어난 원투 펀치가 큰 활약을 펼쳤다. 국내 최고의 좌완 양현종과 도미니카 출신의 특급 용병 헥터 노에시가 주인공이다. 양현종은 시리즈 2차전에서 단 1점도 내주지 않으며 완봉승을 거두었고, 마지막 경기에서는 헥터가 다시 등장해 아슬아슬한 승리를 지켜내며 우승컵을 안았다. 양현종은 코리안시리즈 MVP가 되기도 했다. 양현종은 왼손 투수, 헥터는 오른손 투수다. 그 둘의 목표는 '팀의 승리'라는 공통분모다.

이 칼럼에서 뜬금없이 원투 펀치 이야기를 꺼낸 이유는 뭘까. 야구 실력으로는 역사상 둘째가라면 서러워할 류현진도 한화 시절에는 단 한 번의 우승도 차지하지 못했다. 혼자서는 아무리 뛰어난 능력을 갖고 있어도, 이를 받쳐주는 조력자가 없다면, 또한 동료가 없다면 그 어떤 것도 이루기가 힘들다는 평범한 진리를 다시 생각해본다.

새는 좌우의 날개로 난다. 이 세상의 모든 대립되는 개념들. 남자와 여자, 빛과 어둠, 삶과 죽음, 물과 불까지. 이 모든 것이 상대가 없다면 존재하지 못한다는 사실을 우리들은 너무도 오래 잊었던 것은 아닐까.

벌써 12월이다. 폭풍과도 같았던 2017년도 이제 마지막 달력한 장만을 남기고 있다. 새 정권을 출범시킨 압도적인 광장의 목소리는 어느덧 톤다운 되어 바람직한 모습으로 안정을 찾아가는 느낌이다. 많은 사람이 기대와 걱정으로 변화와 개혁을 지켜보고 있다. 그리고 그 관객 중에는 새롭게 달려 나가기 위해 땅을 단단히 다지는 것에는 동의하지만 그러다 출발 타이밍을 놓치는 것은 아닐까 우려하는 사람도 있다.

누구에게는 벅찬 12월이지만, 또 다른 누구에게는 하루빨리 지나갔으면 하는 12월이다. 반세기의 대립이면 이제 충분하다. 편 가르기를 마치고 불편한 단어들이 격려의 말로 바뀌며, 상대에 대한 미움이 이해와 사랑으로 변하는 12월이 되기를 바란다. 두 개의 마음이 하나가 되는 연말 말이다. 우리 사회의 원투 펀치는 어디에 있을까 또 생각에 잠긴다. 그 콤비는 좌완이든 우완이든 크게 개의치 않으리라. 대한민국의 승리라는 공통 목표만 가지고 있다면.

2017.12.11

저무는 것과
여무는 것

세월의 속도는 나이에 비례한다고 했던가. 어느새 시속 60
㎞. 올해도 이제 두 달 남았다고 생각하니 괜히 가슴이 철렁하다.
연간 실적도 대략 맞춰보고 내년 계획도 벌써 잡아야 하는데 도대
체 뭐 하나 제대로 해놓은 것이 없는 것 같아서다. 그러고 보니 해
마다 이맘때면 가벼운 우울증이 도지곤 했다. 단지 가을이라서 그
런 것만은 아니라는 걸 잘 안다. 잠시라도 머리를 식히려 덕수궁
근처를 거니는데, 옛 서울시청 건물 외벽에 걸린 현수막이 눈에
들어온다. '저물어 가는 게 아니라 여물어 가는 겁니다'.

"아!" 이토록 간단한 열일곱 글자에게 위로를 받을 줄이야.

그동안 인생의 50대를, 회사의 마지막 분기를, 하루의 저녁을,
1년의 가을을 '저물어 간다'고 생각했던 것은 아닐까. 저무는 것
과 여무는 것. 글자 하나가 달라졌을 뿐인데 그 단어가 갖는 모든

의미와 지금껏 생각해왔던 모든 관점이 확 바뀌어 버렸다. 그래, 가을의 농부에게는 해가 가는 아쉬움보다는 수확의 기쁨이 더 큰 것이겠지. 맨몸으로 미지의 세계에 첫 발을 떼는 것도 아니고, 마르지 않는 물과 식량을 지닌 채로 걸어온 길을 계속 걸을 뿐인데 무엇이 걱정이랴.

사실 경영자의 '가을 우울증'이란 뻔하지 않은가. 실적이 좋아도 고민 나빠도 고민, 회사 인원을 지금대로 유지하고 가는 것이 맞는지 공격적으로 늘려야 하는 건지, 연구개발(R&D)은 어느 종목에 얼마만큼 투자하고 신경 써야 하는지, 미래 먹거리를 책임질 우리 회사의 신성장 동력은 무엇인지. 여기에 요즘처럼 어디로 튈지 모르는 미국과 북한 관계 같은 국제정세 문제와 슬금슬금 요동칠 준비를 하는 금리 문제까지 끼어들면 고민의 수준은 번뇌로까지 발전한다. 이 모든 생각이 가을에 한꺼번에 몰려오니 가슴이 답답할 수밖에. 올 한 해 유난히 길었던 연휴 특수로 좋은 실적을 거둘 수 있었던 여행사의 최고경영자(CEO)임에도 크게 만족스럽지 않았던 것도 그래서일지 모른다. 해가 바뀐다고 해서 지금까지 쌓아온 결과물이 전부 '리셋(reset)'되는 것도 아닌데, 열심히 살아왔던 지난 열 달이 남은 두 달보다 더 소중하다는 것을 왜 이제야 깨달은 것일까.

이 가을, 경영자와 똑같은 우울증을 앓고 있을 것이 분명한 사람들이 또 있다. 바야흐로 취업시즌, 어제 신입사원 선발 최종 면접장에서 만난 취업준비생들이다. 모두들 개구리 배 부풀리듯 한껏 각자를 뽐내던 젊은 친구들, 맞지 않는 옷을 입은 듯 오버하거나 어색한 모습을 보는 부끄러움은 면접관의 몫. 눈에 확 들어오는 톡톡 튀는 인재보다는 바른 인성을 가진 사원을 뽑고 싶은 면접관의 마음을 그들이 알 턱이 없으니 어쩔 도리가 없다. '못생긴 나무가 산을 지킨다'고 했다. 일찍 베어지기보다는 악착같이 버텨 가을을 맞이할 것, 꽃처럼 아름답게 한 철만 피었다 지기보다, 땅에 뿌리를 굳건히 박고 갖은 풍파와 시련을 견디어 낼 것. 그래서 잘 여문 채로 다음 가을을 맞이할 것.

여물고 있는 이 친구들에게 딱 한마디만 더 하고 싶다. "괜찮아 지금까지 잘했잖아. 앞으로 더 잘 될 거야. 너는 정말 멋있어. 최고야." 덕수궁 앞에서 눈을 사로잡았던 그 멋진 간판, 그 감동적인 문안을 만든 시민이 진짜로 사람들에게 전하고 싶었던 메시지 아닐까.

2017.11.06

초超·극極·강強
사회의
CEO

자극이 넘쳐나는 사회다. 평범한 단어로는 사람들의 이목을 끌 수 없으니 초(超)·극(極)·강(强) 같은 표현이 쏟아져 일상화되어버렸다. 일반 기업은 넘볼 수 없는 '초대기업'과 도대체 돈을 얼마나 버는지 상상이 안 가는 '초고소득자'가 정부 정책에 정식 단어로 당당히 이름을 올리고 있다. '대한민국 1%' 마케팅으로 재미를 보았던 모 자동차의 마케팅 성공사례는 벌써 20여년 전 이야기다. 이젠 거기서 9할을 덜어내고 0.1%만 선택하라는 VVIP 마케팅을 하는 상황이다.

한때 마케팅의 중요 전략으로 이야기되었던 '퍼플카우(Purple Cow)'는 이제 더 이상 도드라지지 않는다. 보라색 소가 흔해지자 빨간색·파랑색·분홍색 소까지 나타난 판국이니 대체 어디에 눈길을 두라는 말인가.

그런데 세상은 또 반대로 움직인다. 한 방향의 현상이 지나쳐 흘러 넘치게 되면 반드시 이를 상쇄하는 반대쪽 움직임이 나타난다. 화려하고 자극적이고 시끄러운 세상에 싫증을 느낀 사람들은 자연스러움과 잔잔함을 찾는다. 헤겔의 변증법, 정반합(正反合)이다.

퍼플카우에 맞서는 반대쪽 경향의 대표적인 예는 '킨포크(Kinfolk) 라이프'와 '놈코어(Normcore) 스타일'이다. 킨포크는 이웃들과 어울려 지내며 유기농 작물을 직접 재배해 먹는 시골 마을 특유의 잔잔한 생활상을 아이템으로 했던 동명의 잡지가 트렌드가 된 예다. '하드코어'와 대비되는 '노멀코어'의 줄임말인 놈코어는 자연스러움에 대한 갈망이다. 평범한 듯 보이지만 평범하지 않은 모습. 꾸미지 않은 것 같은데 멋이 드러나는 자연스러움을 추구하는 패션 스타일이다.

지상파 TV의 대표적인 예능 프로그램 [무한도전]과 [1박2일]이 미션과 돌발 상황, 이를 해결하는 과정의 슬랩스틱으로 재미를 준 퍼플카우였다면, 종편과 케이블 TV에서 또 하나의 예능 트렌드를 만들고 있는 [삼시세끼]와 [효리네 민박]은 킨포크 라이프와 놈코어 스타일의 대표 선수다. 자극적인 재미 대신 조용하고 따뜻한 미소를 전해 준다는 것이 공통점이다.

외국의 예를 들어서 그렇지 사실 '잔잔함'과 '자연스러움'은 우리 민족 특유의 정서가 아니었던가. 시골 초가집 지붕의 둥근 곡선과 그 끝에 매달린 박의 작은 곡선이 이어지는 그림은 상상만으로도 마음이 편하다. 자극이 직선이라면 잔잔함은 곡선이다. 빠르고 강하고 극단적인 것이 효율성이라는 이름을 빈 서양의 것이라면, 느리고 부드럽고 여유로운 것은 우리나라의 것이다.

몇 년 전부터 회사 홈페이지에 '초특가'라는 단어를 아예 쓰지 못하게 하고 있다. 아니 '특'이라는 단어의 사용 자체를 금기시하고 있다. 회사가 만든 유무형의 상품을 홍보하면서 '정말 특별하다'고 외치는 것이 넘치면 어느 것 하나도 특별하게 보이지 않기 때문이다. 회사의 운명을 항상 고민해야 하는 숙명의 CEO들은 퍼플카우의 유혹에 빠지기 쉽다. 무한경쟁에서 살아남아야 한다는 압박감은 본능적으로 새롭고 화려한 것을 요구하게 된다. 우리가 종이책을 읽을 때 집중하고 감정을 이입할 수 있는 것은 그 본문에는 검은색 활자 외에는 아무것도 없기 때문이 아닐까.

2017.08.14

직원 사기를
올리는 비법?

　　직원들의 사기를 올리는 비법이라…. 과연 그런 묘책이 있기는 있는 것일까. 만약 있다면 이건 거의 강호 무림고수들이 목숨을 걸고 찾는다는 '규화보전(葵花寶典)' 수준이 아닌가. 얼마나 많은 경영자가 이 방법을 찾기 위해 머리를 감싸 쥐었을 것이며, 또 얼마나 많은 기업이 이 문제의 해답을 알지 못해 스러져갔을까. 존경받는 유능한 경영자가 되는 가장 빠른 길이 여기 뻔히 보이는데도, 현실에서 구체적인 방법을 제대로 아는 경영자는 필자를 포함해 거의 없지 않을까.

　　사실 이 묘책은 여행업에 몸담고 있는 필자에게 가장 필요한 상황이다. 여행업은 6월이 가장 바쁜 때다. 학생들의 방학과 직장인 휴가철이 7월 말과 8월 초에 몰려있다. 본격적인 예약 시점에 바빠지는 것은 당연한데, 올해는 9월 말, 10월 초의 긴 연휴까지 있어 직원들의 업무강도가 예년에 비할 바 아닐 듯싶어 걱정이다. 직원들의 면면을 보니 벌써 지친 기색이 역력하다. 이를 어찌하면 좋을까.

유명 걸그룹 노래 가사처럼 '치어 업 베이비, 좀 더 힘을 내'라고 소리쳐봤자 허공을 맴도는 메아리가 되지 않을까. 혼자 머리로는 답이 안 나와 경영관리 부서에 아이디어를 내놓으라 요구했지만 '이거다' 싶은 아이디어는 보이지 않는다. 희미하나마 해결의 실마리가 풀린 것은 어느 저녁 우연히 마주한 신입사원과 나눈 대화에서였다.

"점심시간이 너무 빠듯해요. 1시간 더 주시면 안 되나요?"
"그럼 퇴근이 1시간 늦어지는데?"
"에이 그럼 안 하죠."
"음, 그럼 점심시간 1시간 연장 쿠폰을 만들어 줄까? 대신 분기
　당 1회 한정."
"오, 좋아요!"

원래 하고 싶은 말을 또박또박 하는 친구란 걸 알고는 있었지만, 본인의 요구가 아주 작게라도 관철되니 표정이 금방 환해진다. 같은 이유로 '당직 면제 쿠폰'과 '1시간 조기 퇴근 쿠폰'도 만들었다. 역시 신입사원들이 제안한 아이디어였다.

작은 깨달음이 왔다. 사장이 거창한 제도나 금전적 혜택을 뿌려주는 것만으로는 한계가 명확하다. 작은 것이라도 본인이 원하는 것을 누군가 귀 기울여주고, 그것이 현실로 바뀌어 가는 것을 볼 때 비로소 사기는 위를 향해 움직인다. '의욕과 자신감'으로 표현되는 사기는 사실 직원들 개인 마음속에 숨어 있는지 모른다. 그걸 억지로 끄집어내는 것은 불가능한 일에 가깝다. 경영자는 그것이 자연스레 밖으로 튀어나올 수 있는 환경을 만들어주면 되는 것이다. 귀를 열고 많이 들어야 한다.

이것이 어디 기업에만 국한된 이야기일까. 지난 반년 간의 혼란을 딛고 어렵게 출범한 새 정부가 어떤 정책으로 국민에게 다가갈지 아직은 미지수다. 하지만 과거 정권들의 미사여구뿐인 구호로 치장된 국정과제와 정책, 그 허망한 귀결을 되돌아본다면 비록 작고 소박하나마 국민의 마음을 보듬어 줄 수 있는 그 무엇이 필요하지 않을까 생각해 본다. 가정과 회사, 그리고 국가의 경영은 가족과 직원 그리고 국민의 목소리를 잘 듣는 데서 성공의 기초를 이룬다는 것을 모두 명심했으면 한다.

2017.06.12

헌법과
정관

"헌법은 대통령을 포함한 모든 국가기관의 존립 근거이고,
국민은 그러한 헌법을 만들어 내는 힘의 원천입니다."

(2017년 3월 10일 오전 11시, 이정미 헌법재판소장 권한대행)

참으로 길고도 처절한 6개월이었다. 광장은 둘로 나뉘었고, 격
렬한 법적·사회적 공방 끝에 이 나라의 절대 권력은 또다시 쓸쓸
한 뒷모습을 국민에게 보여주어야만 했다. 대한민국이 이처럼 만
만치 않은 대가를 치르고 얻어낸 교훈은 단 하나다. 나의 삶과 별
관계가 없는 것만 같았던 헌법, 공기와 같아서 그 소중함을 느끼
지 못했던 그 법이 우리 사회 갈등의 최종 심판자라는 엄정한 사
실이다.

국가의 기본을 이루는 것이 헌법이라면, 기업의 헌법은 정관(定

款)이라 할 수 있다. 모든 법인의 정관 제1조는 '이 회사는 OOOO 회사라 한다'는 정의로 기업의 유형과 본질을 규정하고 있다. 헌법 제1조 1항 '대한민국은 민주공화국이다'라는 정의와 같은 것이다. 또한, 우리 헌법의 제1조 2항은 '대한민국의 주권은 국민에게 있고, 모든 권력은 국민으로부터 나온다'라고 되어 있다.

그런데 기업의 정관 어디를 찾아보아도 헌법이 그리도 중요하게 강조하는 구성원의 주권 부분, '회사의 주권은 주주에게 있고, 모든 권한은 주주로부터 나온다'고 써놓은 곳은 보이지 않는다. 너무도 당연한 것이라 생략한 것인지, 아니면 실제로 회사의 주인은 주주가 아니라는 이야기인지 한 번쯤은 생각해 보게 되는 대목이다.

대주주건, 소액주주건 모든 주주는 엄밀히 말하면 자신의 이익 창출만을 위해 활동한다. 정의감이나 사명감이 끼어들 틈은 애초부터 없었는지도 모른다. 기업의 본질적 특성이 영속성 유지와 수익 추구라고 경영학 교재에서 귀가 아프게 들어오지 않았던가. 그러나 그 결과는 어떤가. 분식회계 처리, 부정부패의 만연, 경영자 개인의 사리사욕의 도구화 등에 따른 전횡과 부작용으로 인해 결국은 사회가 '기업의 사회적 책임'을 묻는 시대가 된 것은 아닌가.

주주총회 시즌이 돌아왔다. 올해 역시 3월의 넷째 주 금요일(24일)에 928개의 상장사가 동시에 총회를 연다. 기업들이 이렇게 주총을 한 날짜로 몰아서, 그것도 평일인 금요일에 여는 것은 다 이유가 있다. 안건 통과에 행여 방해가 될지 모르는 일반 주주들의 참여를 가급적이면 최소화시켜보자는 것이다. 평일이니 직장인 투자자는 참석이 어려울 것이고, 또 여러 곳에 투자한 주주들은 주총 참여 기업을 하나만 선택해야 하니 모든 회사에 대해 의결권을 행사할 수 없다. 또, 다음날이 주식시장이 열리지 않는 휴일이라 총회 후 생길 수 있는 부담감에서 다소 벗어날 수도 있다. 이런 '슈퍼 주총 데이'가 상징하는 것은 정권의 권력자가 국민을 무서워하듯, 경영자도 주주를 두려워하고 있다는 것을 반증하는 것이 아닐까 한다.

올해도 나는 '슈퍼 주총 데이'를 준비한다. CEO 입장에서 주총이 즐거울 수는 없겠지만, 이왕 넘어야 하는 파도라면 기쁘게 부딪힐 생각이다. 우상향 곡선을 그리고 있는 회사의 실적도 대놓고 자랑하고 우리가 꿈꾸는 비전과 미래에 대한 설명도 차분하게 할 것이다. 기업의 헌법, 정관이 명시한 최고 의결 기구에 충실히 임하는 것이 CEO에게 부여된 중요한 역할 중 하나이기 때문이다.

2017.03.27

욜로YOLO
라이프

"노세 노세 젊어서 노세, 늙어지면 못 노나니."

여행업체 경영자랍시고 '하던 일들 내팽개치고 놀러 다니시라' 부추기는 말이 절대 아니다. 놀랍지만, 이 노래의 첫 구절 가사가 2017년의 가장 중요한 트렌드란다. 바로 '욜로(YOLO)'라고 하는 키워드 얘기다.

'한 번뿐인 인생(You Only Live Once)'이니 미래의 불확실한 행복을 위해 현재의 행복을 포기하지 말라는 뜻이라는데, 미국 오바마 전 대통령이 자신의 주요 정책인 건강보험 개혁안 홍보 동영상에서 '욜로맨'이라는 표현을 써서 대중적으로 더 잘 알려진 단어다.

고성장 시대를 살아온 필자 세대는 저축이 그야말로 유일한 미덕이었다. 아껴야 잘 살 수 있다는 명제는 '1+1=2'보다 앞선 진리였고, '개미와 베짱이'의 우화를 외우며 언젠가 겨울이 오면 식량이 넉넉한 동굴에서 따뜻하게 보내겠다는 희망으로 살아왔다.

욜로의 키워드를 삶에 적용한 '욜로 라이프'는 옳고 그름의 문제는 아닌 듯 싶다. 아무리 스펙을 쌓고 노력해도 취업도, 연애도, 장래도 보장되지 않는 암울한 청년 세대들의 슬픈 자화상을 반영한 절규는 아닌가 또 생각해본다. 성장이 정체된 시대, 불확실한 미래에 투자하기보다는 지금의 삶에 충실하고자 하는 것은 어쩌면 인간의 본능일지도 모른다. '베짱이는 왜 바이올린을 계속 켜야만 했나', 그 이유를 제대로 알지 못하면 2017년의 가장 중요한 트렌드를 이해할 수 없다.

지난 연말, 한국에서 갈 수 있는 최장거리 여행지 중 하나인 남미 지역의 페루와 볼리비아, 아르헨티나를 둘러보고 왔다. 고객을 가장해서 떠나는 '미스터리 쇼퍼'로 참가한 패키지 여행이었다. 보름간의 여행을 하면서 여행지보다는 함께 떠난 일행들한테 세 번 놀랐다. 한 버스에 탄 16명의 여행객 중 8명이 일행 없이 '싱글'로 참여했다는데서 첫 번째 놀랐고, 두 번째는 혼자 지구 반대편으로 날아온 8명이 모두 50대 여성이었다는 점, 마지막으로 가장 크게 놀란 것은 이들의 스스럼없는 친화력이었다. 마치 수십 년 사귄 친구 혹은 평생을 함께 한 친자매처럼 어울리며 여행을 즐기는 모습에서는 열정마저 느낄 수 있었다. 젊은 세대에 한정된 트렌드로 인식되던 욜로 라이프의 패턴이 어느새 화려한 중년을 꿈꾸는 50대 여성들에게도 자연스레 스며들고 있는 것이다.

  사실 욜로 라이프, 욜로 스타일의 소비 패턴이 대중화되면 가장 수혜를 받는 대표적인 분야는 필자가 몸담고 있는 여행 쪽이다. 지난해부터 한참 유행중인 '혼밥'과 '혼술'로 대표되는 '일코노미 (1conomy, 1인 경제)'가 욜로 라이프와 결합되면 그야말로 언제든 어디로든 떠날 수 있는 노마드 여행가들이 수없이 생겨날 수밖에 없다. 여행사들이 선구매 해놓은 항공좌석을 다 팔지 못해 급하게 처리해야 하는 일명 '땡처리 항공권'이나 출발 임박 특가 상품들은 가족 또는 일행과 일정을 맞출 필요가 없는 나 홀로 여행객들에게만 주어지는 특혜다.

  개미가 잘했든 베짱이가 잘했든, 정말 중요한 것은 이 새로운 생활 패턴이 생각보다 빠르게 사회 전반에 깊숙이 자리 잡았다는 것이다. 한 번뿐인 인생, 그 인생을 더욱 빛나고 행복하게 해줘야 하는 것이 욜로 라이프 시대에 경영자들의 기본적이며 궁극적인 목표가 아닌가 한다. 그 인생이 직원이든, 고객이든 간에 말이다.

2017.01.23

우리에게
필요한 말
"너나 잘하세요"

　18번 홀 그린에서 마지막 퍼팅을 마쳤다. 고개를 들어 뒤돌아보니 지나온 페어웨이가 그리도 넓고 편안한 곳이었음이 눈에 들어온다. 문득 이런 생각이 들었다. '티박스에 서서 괜한 욕심과 쓸데없는 근심을 가졌구나.' 한 해를 마감하는 12월의 막바지에 서서 한 해를 돌아보니 딱 그런 마음이 든다.

　책상 위 다이어리를 한 장 한 장 다시 넘겨본다. 그 평범한 '다사다난(多事多難)'이라는 단어가 이렇게나 어울리는 한 해가 있었을까. 달이 바뀔 때마다 새로운 일이 생겼고, 그 다음달에도 어김없이 다른 이슈가 생겨나고 사라짐을 반복했다.
　2016년 대한민국의 다이어리 마지막 장을 장식하고 있는 단어는 '촛불'이다. 지난 한 달 동안, 규모와 질서 면에서 지금껏 보지 못했던 촛불들이 주말마다 광화문과 전국을 채워왔다. 그런데 안타깝고 아쉽다. 그 촛불만큼이나 뜨거운 광장의 온도가 실물경제의 현장으로 와서는 빙점 아래로 곤두박질한다. 과연 정치가 탄핵을 당한 것일까, 경제가 탄핵을 당한 것일까? 기업 입장에서는 폭풍 속으로 들어가기 직전인데, 도대체 무엇을 해야 좋을지 눈앞이 캄캄하다. 죽은 제갈량이라도 불러내 물어보고 싶은 마음이건만, 정작 이렇다 할 처방전은 아무도 내놓지 않는다.

재벌들이 청문회에 섰다. 국민 입장에서는 평소 보기 힘든 사람들의 면면도 파악하고 대응능력도 검증하는 자리일 수 있으니 흥미로웠으리라. 청문의원의 호통에 카타르시스를 느꼈을 국민도 있었을 테고, 재벌들의 면면이 저 정도밖에 안 되느냐면서 실망한 사람도 있었을지 모른다.

답변 한마디에 조직이 해체되어 날아가고, 네티즌들의 융단폭격이 시작되어 행여 불매운동이라도 일어난다면 그 기업은 낭패를 당할 수밖에 없다. 이른바 '묻어가는 전략'이 증인으로 나선 총수들의 입장에서는 최선의 선택이 아니었을까. 비록 본인은 모자란 기억력과 지적능력 부족, 분위기를 파악하지 못하는 동문서답의 대가라는 핀잔을 들었을지 몰라도 기업과 조직을 지키기 위해서는 감내해야만 했던 상황은 아니었을지.

어찌 생각하면 청문회가 제대로 시간을 갖고 수술을 해야 할 환자들을 상대로 우선 눈에 잘 띄는 빨간 소독약이나 발라준 행태가 아니었는지 의문이 든다. 언제나 그렇듯 정답은 나 자신에게 있다. '너나 잘하세요'라는 철 지난 유행어는 2016년을 보내는 우리에게 꼭 필요하다. 비상시국일수록, 나라가 불안할수록 각 주체는 본연의 임무를 해야만 한다. 다른 방법은 없다. '코리아 디스카운트'가 발생하지 않도록, 연이은 소비심리 위축과 수출 감소로 인해 경제적·사회적 약자인 서민과 중소기업이 그 직격탄을 맞지 않도록 대비해야 한다. 이 같은 위기를 틈타 경제를 혼란으로 몰아넣어 사리사욕을 채우려 하는 기업과 개인에 대해서는 어느 때보다 엄정한 법의 집행도 필요하다.

오늘은 새 다이어리를 사러 교보문고에 나가볼까 한다. 그 첫 장에 '사명감을 가진 공직자들이 리더십을 발휘해 전면에 앞장서고, 기업인들이 합심 동참해 위기를 멋지게 극복했다'는 성공담을 적고 싶다. 2016년 한 해를 마무리하는 마지막 염원이자, 2017년의 첫 소망이다. 유달리 소명의식과 정의감이 강한 우리 국민과 공직자라면 그 작은 소망은 이루어질 것이라 믿는다.

2016.12.26

사장 출장에 관한
가상 청문회

청문회 시즌이다. 한자로는 '들을 청(聽)'과 '들을 문(聞)'을 쓰고, 영어로도 '히어링즈(hearings)'라는 단어를 쓰니, 사전적 뜻대로라면 묻기보단 듣기에 중점을 두는 행위다. 잘 아시다시피 우리 청문회는 딴판이다. 답변 대신 호통만 난무한다. 청문회의 단골 메뉴도 고개를 갸웃거리게 한다. 특히 고위 공직자와 대기업 경영자의 해외 출장 관련 건이 그렇다. 작심하고 망신만 주려는 인상이 강하다. 일반 기업의 직원들이 '우리 사장 출장에 관한 청문회'를 연다면 어떤 상황이 연출될까?

첫째 '하필 그날만 부지런'형. 많은 경영자가 오후 늦은 비행기를 이용하는 편이다. 그런데 출장 당일에도 짐을 꾸리고 출근해 종일 근무하고 퇴근길에 공항으로 향하는 경우가 있다. 평소에는 그렇게 열심히 하지 않다가 꼭 출장 가는 날만 유독 부지런을 떤다고 여기면 이거야말로 대략난감한 일이다. 저녁 비행기 밖에 없거나 장거리 비행의 피로를 덜기 위해 일부러 밤에 떠나는 것일 수도 있는데.

둘째 '전천후 폭격기'형. 분명 해외 출장중임에도 해외인지 국내인지 모를 정도로 회사에 문자나 이메일을 보낸다면. 휴가나 출장 가선 회사 생각만 하고 회사에서는 놀 생각만 하는 청개구리형 경영자라고 놀림감이 되지는 않을까? 그러나 누군 뭐 좋아서 연락하는 줄 아는가? 몇십 년 직장생활에 회사는 숨 쉬는 공기 못지 않게 친근한데, 간간이 돌아가는 소식이라도 보내온다면 왜 전화질을 하겠는가. 출장지가 마치 무인도처럼 느껴지는 사장의 입장을 누가 알까.

셋째 '시차 무관'형. 분명 지구 반대편으로 출장 갔던 사장이 이른 새벽 인천공항에 도착해 곧바로 회사로 출근한다면. 면전에서는 '우리 사장님 체력 하나는 끝내준다'는 아부성 발언이 나오겠지만, 사석에서의 평가도 과연 그럴까? '회사에 꿀단지 숨겨놓았나?'라는 얘기를 들으면 그나마 다행이고, 누가 자기 자리 넘볼까 전전긍긍하는 경영자로 인식될 가능성도 배제할 수 없다. 사실 이건 직원들 말이 맞는지도 모르겠다. 다만, 장기간 비운 회사 일 때문에 아무것도 손에 잡히지 않을 지경인데 어떻게 집에 가서 푹 쉬나.

넷째 '현실도피'형. 국회 청문회나 국정감사를 피하기 위해 돌연 해외로 떠나는 도피성 해외 출장은 과거 그룹 총수들이 애용하던 단골 메뉴다. 이는 중소기업 경영자에게도 통하는 부분인데, 시행이 어려운 중요 현안이나 첨예하게 대립되는 부분의 결정이 임박한 경우 꽤 유용하다. 그런데 사실 알고 보면 다 회사를 지키고 직원들을 보호하기 위해 사장이 혼자 욕을 먹는 경우가 대부분이다. 부도덕하고 무책임한 도피가 아니라면, 결정의 시기를 늦추는 '경영상 스킬'로 이해해주길 바란다.

몇 가지 변명을 늘어놓았지만, 사실 경영자의 출장에서도 지켜야 할 최소한의 기준이 있어야 함은 당연하다. 반드시 관련자에게는 공개적이어야 하고, 객관적인 일정과 동선을 가져야 하며, 분명한 결과가 나와야 한다는 것이다.

사장 출장의 덤으로 임직원의 책임감을 강화하고 위기관리 능력을 확인할 수 있는 계기가 될 수도 있다. 직원들에게 '약간의 휴식'이 될 수도 있다. 괜히 회사에 연락하지 않는 게 좋을 듯하다. 그래서일까? 우리 회사는 내가 해외 출장만 가면 실적이 올라간다. 이 글을 쓰는 오늘도 출장가방을 챙기고 있다.

2016.10.31

청년창업이
만병통치약?

오늘 아침 평소보다 조금 일찍 출근했다. 사뭇 다른 길거리 풍경이 신선했고, 더위도 정점을 지났다는 느낌을 받았다. 그런데 건물 주차장 입구에 들어서자 청소 적재물을 잔뜩 실은 화물차가 입구를 막고 있는 게 아닌가. 경음기를 누르려는 순간, 운전자가 차량 위에 올라가 땀을 뻘뻘 흘리면서 작업을 한다. 잠시 차에서 기다리기로 하고 작업 장면을 지켜봤다.

가득 실은 화물 위로 밧줄을 이리저리 옮겨가며 묶다가 중간중간 힘을 주면서 매듭을 짓는다. 안전운행에 필수 조치라는 생각이 드는 순간 어제 읽는 기사가 떠올랐다. '대기업에 들어가려고 스펙용 창업을 한다' '창업은 실패했는데 금전적 손실은 없었다?'며 청년창업의 문제점을 지적한 내용이었다. 최근 정부의 창업정책이야말로 이제 중간 매듭을 지어가면서 숨 고르기를 해야 할 시점이 아닌가라는 생각이 들었다.

몇 년 전 미국 오바마 대통령이 "새로운 일자리는 창업이나 중소기업에서 나온다"며 창업의 중요성을 강조했다. 세계적인 저성장 시대에 당연한 말씀이다. 우리 정부 역시 창조경제의 핵심 과제로 창업정책에 많은 예산과 노력을 투자하고 있다.

문제는 정책의 방향이 아니라 정책 실행 과정과 운영에 있다. 애초 사업성 없는 아이디어만으로도 창업하거나 대기업 취업에 유리한 스펙을 쌓으려고 창업한 사람에게도 정부의 창업 지원금이 흘러가는 사례가 허다하다. 한 해 1000여 개 기업이 새로 생기지만 실제 매출이 발생하는 곳은 절반도 안 된다는 점도 되짚어볼 필요가 있다. 창업은 기술과 자본과 경험이 유기적으로 결합돼야 성공 가능성이 커진다. 아이디어 하나만으로, 열정만으로 도전하는 건 무모한 일이다. 크리스 주크와 제임스 앨런은 [창업자 정신]에서 현장 경험에서 형성된 직감을 중시하는 현장 중시(Front-line obsession)를 창업자 정신의 결정적 특성 중 하나로 제시했다.

창업이 일자리 창출의 한 방편이 될 수 있지만 만병통치약이라고 선전하는 건 분명 잘못된 일이다. 더구나 정부가 앞장서 청년 창업을 선도하고 장려하는 건 분명 장·단점이 있다. 무엇보다 적지 않은 청년창업이 서비스업이나 자영업 등 생계형 창업에 머물고 있다. 중앙정부와 지자체 및 관련 기관의 창업지원 사업이 160여 개에 이르고 1년에 수조원의 자금을 쏟아 붓지만 누적 청년 자영업자는 줄어드는 건 왜 그럴까.

기공식만 있고 준공식은 없는 이런 현상은 참신한 아이디어나 혁신적 노력보다는 취업 도피처 내지 대안 정도로 청년창업을 바라보고 있기 때문 아닐까. 지난 정권에서 '무늬만 벤처'라는 비아냥 속에 국민의 지탄을 받은 벤처 1세대의 도덕적 해이 탓에 막대한 예산이 사라지고 상실감만 커진 일을 벌써 잊었단 말인가. 대학원 진학과 창업이 취업대란의 대안으로 등장하는 오늘의 현실은 심히 우려스럽다. 앞서 언급한 청년창업에 관한 문제점은 사실 전문가 사이에서는 예상됐던 일이다. 어느 유명인의 묘비명처럼 '내 그럴 줄 알았다'인 것이다.

　중소기업청장의 지적대로 '신규 고용 창출과 글로벌 시장 진출을 위해 기술·아이디어 중심 창업은 매우 필요하지만 현실은 그렇지 못함을 인정하는' 인식의 전환을 통해 정책의 효율성을 높이는 데 전력투구해야 할 것이다. 그것이야말로 느린 것 같지만 확실한 방법이 아닐까?

2016.09.05

전관예우냐
전관비리냐

예우란 예의를 지켜 정중하게 대우하는 것이다. 국가유공자 등의 공적에 대해 행하는 혜택을 부여하는 등 주로 법률에 의하여 보호받는 제도다. 우대란 말 그대로 특정 대상이나 계층에 대해 특별히 잘 대우하는 것이다. 사회적 약자인 서민 우대 정책이나 노약자 우대 방침을 들 수 있겠다.

사실 이 두 가지는 우리 사회를 건강하고 공정하고 정의롭게 지탱하고 발전시키는 데 매우 유익한 제도다. 국가를 위해 목숨 걸고 충성하고 헌신하고 국민과 공익을 위한 공헌이 있는 사람에게 상훈을 주고 이를 모범의 표상으로 삼아 기리는 것은 국민을 바른 길로 계도하는 데도 매우 유용하기 때문이다.

그런데 왜 지금 온 나라가 전관예우 때문에 시끄러울까. 백과사전을 찾아 보니 '전관예우란 전직판사 또는 검사가 변호사로 개업

하여 처음 맡은 소송에 대해 유리한 판결을 내리는 특혜'라고 정의돼 있다. 국어사전에 따르면 '고위관직에 있었던 사람에게 퇴임 후에도 재임 때와 같은 예우를 베푸는 일'로 설명하고 있다. 그렇다면 전관예우는 말만 예우이지 실상은 불법 특혜 및 권한 남용행위라 설명할 수 있으며 '전관비리'라는 표현이 더욱 맞을지 모른다.

그리고 분명한 건 전관예우는 변호사법 등에 의해 불법적 행위로 적시되고 일정 부분 금지돼 있다는 것이다. 물론 전관예우를 과도하게 해석할 경우 직업선택의 자유를 제한하는 소지도 있어 형사처벌 조항을 두지 않고 있지만 말이다. 어찌됐거나 지금 나라 전체가 전관예우로 몸살을 앓고 있다.

사실, 과도한 전관예우가 문제이지 전관예우는 좋은 제도라고 생각된다. 이 시국에 조금 역설적으로 들리기는 하지만 말이다. 예컨대 박봉과 청렴 하나로 평생을 바친 일선공무원 입장에서, 은퇴 후 일정 부분 혜택을 받는 게 그리도 나쁜 일이냐고 억울해 할 수도 있지 않을까라고 생각도 해보았다. 전문 지식과 기술 역량을 은퇴 후에도 나라에 보탬이 되는 방향으로 이용한다면 그것 또한 바람직할 수 있다. 다만 형평성의 문제가 없어야 한다는 전제가 있긴 하지만.

또 한편으로는 과거에는 이들이 일반 기업에 비해 훨씬 적은 봉급을 받은 것도 사실이다. 조금씩 나아지고 있지만 어렵게 살았던 시절에 대한 보상으로 남은 게 전관예우가 된 부분도 인정할 필요가 있다. 공무원 연금제도 역시 비슷한 취지에서 만든 것으로 알고 있다.

그러던 것이 왜 지금 와서 사회적 문제로 떠올랐을까? 몇몇 소수의 파렴치한 사람들의 몰염치한 행동 탓에 더욱 악화되었다. 해도 너무한다는 생각이 들 정도로 온 국민의 마음에 상처를 안겨줬다. 전관예우라는 이름 아래 자격과 능력없는 자에게 낙하산 인사를 버젓이 단행하고, 검은 돈으로 공정이라는 잣대를 무력화시켰다. 결국엔 유전무죄 무전유죄의 그릇된 인식을 다시 부각시켜 법치주의의 근간을 뿌리째 뒤흔들었다. 평생을 군인으로, 교원으로, 법관으로, 공무원으로 청빈을 모토로 살아온 대다수 사람들까지 모조리 비난의 대상이 됐다.

혈연·지연·학연이 끈끈한 우리나라의 연고주의가 하루 아침에 사라지진 않을 것이다. 그러나 이번 일을 계기로 조금이라도 나아졌으면 하는 바람이다. 진정한 우대와 예우란 국가와 지역사회, 국민의 진심 어린 존경이 밑바탕이 돼야 하지 않을까.

2016.07.18

대통령의
자전거

　　권위·근엄의 상징인 대통령과 근면·검소함의 상징인 자전거는 언뜻 어울리지 않는 듯하다. 그런 역설 때문일까. 자전거는 이런저런 이유로 권력자의 소품으로 자주 등장한다. 특히 우리나라와 같은 제왕적 대통령의 존재가 자전거와 맞물려 소탈한 모습으로 부각되기도 한다.

　　우리나라 역대 대통령의 모습을 떠올릴 때 자전거가 연상되는 대통령을 꼽으라면 단연 고 노무현 대통령일 것이다. 재임 중 편안한 모습으로 자전거 타는 모습을 인터넷에서 흔하게 찾아볼 수 있다. 더욱이 노 전 대통령의 고향인 봉하마을에서는 그가 평소 자전거를 타고 산책을 즐기던 곳에 '대통령의 자전거 길'을 개장했다.

　　개인적으로는 고 박정희 대통령이 밀짚모자를 쓰고 한적한 시골농로에서 자전거를 타는 모습이 더 인상적으로 남아있다. 어릴 적 시골의 추억과 오버랩되어 그렇게 이미지가 형상화된 것인지, 아니면 어려운 시대를 극복하며 살아온 고도성장기에 대한 아련한 향수 때문인지 모르겠다.

4대강과 연계된 자전거도로가 떠오르면서 이명박 전 대통령도 거론하지 않을 수 없다. 그러나 이 전 대통령은 실제 자전거 타기와는 왠지 어울릴 것 같지 않은 느낌이 든다. 이 전 대통령 역시 시골 출신이지만 대기업 생활로 다져진 도회적 이미지가 강해서 그런지 모르겠다. 그가 "퇴임 후 4대강 강변을 따라 자전거를 타고 우리 강산을 둘러보고 싶다"고 말한 것을 실천하듯 몇 년 전 북한강에서 자전거를 타는 모습이 공개됐는데, 엉뚱하게 4대강 관련 찬반 댓글이 폭발적으로 달리기도 했다.

전두환 전 대통령이 백담사에 기거할 때 경내에서 손녀를 뒤에 태우고 자전거를 타는 모습도 기억에 남는 장면이다. 어느 일간지 기자가 우연히 찍었는데, 무심히 자전거를 타는 모습이 당시의 상황을 함축해서 보여주는 것 같았다.

미국 대통령은 취미로 자전거 타기를 즐기는 사람이 많다. 조지 부시 대통령은 MTB광으로 유명하다. 달리기가 무릎 관절에 나쁘다는 의사의 권고에 따라 자전거 타기를 시작했다. 산악자전거를 즐기다 넘어져 코와 턱이 깨진 모습으로 언론 앞에 등장한 적도 있다. 아시아태평양경제협력체(APEC) 정상회의 때 우리나라를 방문하면서 자전거를 갖고 올 정도로 자전거 타기를 즐겼다.

버락 오바마 대통령은 상원의원 시절부터 스스럼없이 자전거를 즐겨 탔다. 마초 이미지로 각인된 푸틴 대통령도 자전거를 즐겨 타는 지도자다. 경호원을 대동하거나 정치적 동반자인 메드베데프 총리와 함께 자전거를 타는 모습이 인상적이었다. 중국의 시진핑 주석이 자전거 타는 모습도 얼마 전 공개됐다. 어린 자녀를 뒷자리에 태운 사진에서 부녀의 풋풋한 정을 느끼게 했다. 굳이 대통령이 아니더라도 자전거를 소탈한 이미지를 상징하는 도구로 활용하는 정치인이 많다. 특히 선거의 계절이 오면 전통시장과 더불어 반드시 자전거가 등장한다. 자전거 매니어인 이재오 의원은 자전거 유세의 원조격이다. 낡은 자전거 유세로 지역벽을 뛰어넘은 이정현 의원도 기억에 또렷하다.

대선이 내년으로 다가왔다. 정치권에서 차기 후보를 놓고 하마평이 무성하다. 차기 대통령과 자전거는 어떤 함수관계가 있을지 벌써부터 궁금하다.

2016.06.06

CEO가
주총을
꺼리는 이유

해마다 3월의 금요일이 다가오면 한국 기업만의 독특한 현상인 '수퍼주총데이'가 열린다. 국내 유수의 대기업을 포함한 상장기업 대다수가 기다렸다는 듯이 집중적으로 이 기간에 주주총회를 개최한다. 올해 역시 예외가 아니었다.

한국예탁결제원에 따르면 지난 3월 둘째 금요일에 삼성전자 등 50여 개사, 셋째 금요일에 333개사, 그리고 넷째 주에는 총 937개사가 주주총회를 개최했다. 주총이 몰리는 속내는 당연히 일사천리로 안건을 통과시키려는 의도에서다. 그러자니 일반주주의 참여를 최대한 억제해야 한다. 여러 기업에 투자한 주주들은 주총 참여 기업을 제한적으로 선택할 수밖에 없어 의결권을 제대로 행사할 수 없게 된다. 그러면 왜 금요일인가? 다음 날 주식시장이 열리지 않아 주주총회 후 생길 수 있는 부담을 최소화할 수 있어서다. 인사발령을 연말이나 휴일 직전에 내는 것과 비슷하다고 해야 할지.

아무튼 이런 행태는 일종의 담합행위가 아닐까 싶다. 상법상으로 의결권 행사를 간소화 하기 위해 전자투표와 전자위임제도가 2010년부터 도입됐지만 아직도 대부분의 회사가 이를 도입하지 않고 있다. 물론 기업 입장에서도 할 말은 많다. 아직도 주주총회장에 나타나 의사진행을 방해하는 '총회꾼' 출현을 억제하려는 차원이라고 말할 수 있다(주총기념품을 없앤 것도 같은 취지에서다). 기업의 실적이나 비전보다 주가에만 관심을 보이는 떠돌이 주주를 견제하는 목적도 있을 것이다. 그렇다면 CEO는 왜 주주총회를 좋아하지 않을까? 경영자의 관점에서 한번 짚어보자.

1. **그냥 싫다** 학생이 시험보기 싫은 것과 같지 않을까 싶다. 시험의 묘한 긴장감과 결과에 대한 중압감을 주주총회에서 느낀다면 경영자 입장에서 굳이 반길 리야 없지 않은가? 그래서 소집공고도 법정 기한 직전에야 하고, 의사봉 두드리는 속도도 빨라지는 것이다.

2. **공개석상에서 벌거벗겨지는 것이 싫다** 공개석상에서 평가받는 걸 흔쾌히 받아들일 사람은 많지 않을 것이다. 그래서 가급적이면 좋은 면만을 보이기 위해 애쓰게 된다. 마치 외출하기 전 거울 앞에 선 연인들처럼.

3. **주주의 돈은 좋지만 간섭은 싫다** 주주의 자본금은 회사를 윤택하게 하고 든든하게 하지만 전주(錢主)의 질책을 흔쾌히 받아들이긴 어렵다. 경영을 잘해서 수익을 창출하고 그것을 기반으로 충분한 배당도 하고 주가도 부양하는 것은 좋지만 경영행위에 대해 간섭받고 관여당하는 것은 싫다. 연애는 좋지만 결혼은 싫다는 말처럼.

4. **1년 경영 성과를 몇 개의 숫자로 설명하기 싫다** 회사의 업무는 복잡다단한 의사결정 과정을 거쳐 이뤄진다. 그걸 일정 규격으로 지정하고 제한된 도표 몇 장에다 나타내고 오직 결과만으로 평가받는 건 뭔가 아쉽고 억울할 수밖에 없다.

5. **언젠간 나도 해임될 행사라서 싫다** 상법상 이사는 주주총회에서 선임하고 그들 중에서 대표이사를 뽑는다. 중대 의결 기구인 주주총회가 두려울 수밖에 없지 않은가?

그러나 이 모든 이유에도 나는 소망한다. 주주총회가 경영 성과를 주주들에게 설명하고 비전을 제시하며 중요 정책사항에 대한 의결을 행하는 본연의 모습으로 돌아가기를….

2016.04.11

설날이
슬픈 이유

　나이를 먹는다고 느끼게 되는 여러 징표가 있다. 명절을 맞을 때마다 무감각해지는 것도 그중 하나다. 도대체 흥겹기는커녕 아무 감흥도 없다. 참으로 큰 문제다. 설레기는커녕 괜스레 '빨간 날'이 너무 많은 것 같아 어떤 때는 지겹고 짜증스럽기까지 하다. 최근 들어 이런 증상이 더욱 심해지는 것 같아 깜짝 놀라기도 한다. 분명 설날에 대한 마음이 예전과 같지 않다.

　왜 그럴까? 언제부터 그리고 왜, 설날이 재미없는 날이 됐을까. 곰곰이 생각해보니 이유가 한두 가지가 아니다. 우선 명절이라고 근처 옷가게에 가서 새 옷을 사서 입는 '설빔 장만'의 기쁨이 사라졌다(오히려 아내와 자식에게 무언가를 해줘야 하니 부담만 백배천배 커졌다).
　전통시장을 돌며 두 손 가득 음식 재료를 사오던 수고도 할 필요가 없다. 대형마트에서 평소 사는 것보다 조금 더 얹어 카트에

신고 차로 실어 나르면 된다. 명절이라고 딱히 힘들게 쇼핑할 필요도 없지 않나. 힘을 쓸 일이 없으니 남자의 존재감도 제로다.

설날 기차표 예매도 그렇다. 밤새 뜬눈으로 기다려서 고향 가는 기차표를 받아들 때의 감동은 기억 속에만 남았다(손놀림 빠른 아들 놈 시켜 인터넷으로 예매하면 되니 내가 할 일이라곤 지갑에서 신용카드 꺼내는 것뿐이다). 어린 시절 고향 가는 날 어머니는 역무원 아저씨가 나이를 물으면 꼭 한두 살 줄여서 말하라고 몇 번이나 연습시켰다(당시 미취학 아동은 요금을 받지 않았다). 어머니의 목소리가 귀에 선하건만 이제는 나이를 속일 수도 없는데다 안절부절 하던 어머니도 작년에 세상을 떠나셨다.

멀리 떨어져 살다가 설날이라고 모처럼 모인 형제자매끼리 오순도순 즐기던 놀이도 변했다. 유일한 단체게임인 윷놀이가 고스톱으로 변하더니 이젠 그마저도 뒷전이다. 각자 컴퓨터나 스마트폰 게임 삼매경이다. 서로 얼굴 보고 얘기할 일이 없어졌다.

그러나 뭐니뭐니해도 설날의 백미라 할 수 있는 세뱃돈이 나를 가장 슬프게 한다. 먹을 게 많아서 좋은 설날에, 세뱃돈까지 덤으로 받는다는 생각에 어른들만 보면 무조건 엎드렸다. 나도 모르게 입가에 웃음이 번지는 것도 잠시. 현실은 전혀 다르다. 세뱃돈 받긴커녕 직원들에게 줄 설 상여금이 문제다. 줄지 말지, 준다면 얼마를 줘야 할지 생각만 해도 머리가 지끈하다. 주고도 욕 먹는 게 명절 상여금이기 때문이다.

그러고 보니 설날이 전혀 기쁘지 않은 건 경영자이기 때문일지 모르겠다. 받는 입장이 아닌 주는 입장이라서 말이다. 설날 무렵 단골 주제인 체불임금만 해도 그렇다. 하도급 대금 지급을 차일피일 미룬다는 내용의 기사를 보면 나쁜 사장놈이라고 주먹을 불끈 쥐던 때가 있었다. 지금은 직원 상여금 챙기느라 여간 신경 쓰이지 않으니 설날이 뭐 그리 즐겁겠는가?

혹자는 신년 초 세운 계획을 다시 점검하고 새로운 계획을 설날에 다시 짤 수 있어 두 번의 설날이 좋다고 한다. 그러나 경영자에겐 그나마도 우울하다. 새해의 두 달이 거의 지나가는 설날 즈음엔 1분기 실적 공시가 눈앞에 아른거린다. 3월의 주주총회도 만만치 않다.

최근 몇 십 년 만에 찾아온 한파만큼이나 '경제 한파'도 심각하다. 그래도 다시 맞는 우리의 명절이 더욱 생동감 넘치는 날이 되도록 몸과 마음을 다시 추스르자. 가족과 회사와 국가의 미래를 다시 생각하는 계기로 삼았으면 좋겠다.

2016.02.08

'헬조선'
세대를 위한
변명

요즘 국가적 화두가 바로 실업문제가 아닐까 싶다. 그런데 대책으로 거론되는 게 취업과 창업인데, 여기저기서 나오는 이야기를 가만히 듣다 보면 마치 중국 음식점에 가서 짜장면을 시키느냐 짬뽕을 주문하느냐라는 선택의 문제처럼 들릴 때가 많아 경영자로서 마음이 편치 않다. 더구나 얼마 전 유력 인사가 "청년실업이 극심한 상황에서 해법은 채용이 아닌 창업"이라는 말을 했다는데 정말 그럴까 의문이 든다.

과연 요즘 젊은이들에게 취업과 창업이 둘 중 하나를 선택하는 양자택일의 문제일까? 개인적인 의견으론 창업은 결코 취업의 대안이 될 수 없으며 돼서도 곤란하다고 본다. 준비되지 않은 창업은 축복이 될 수 없고, 검증없이 내몰린 창업은 또 다른 아픔을 양산할 가능성이 크기 때문이다. 솔직히 말해 취업이 어렵다고 청년들을 청사진 없이 창업전선으로 내모는 것은 무모하다고 생각한다.

청년실업은 세계 어느 나라든 글로벌 경제의 저성장 과정에서 겪는 어려움이다. 그런데 유독 한국이 심한 고통을 느끼는 건 급격한 고령화 시대로의 전이 과정과 맞물려서가 아닌가 싶다. 정년 연장과 채용 규모 확대에 따른 대책으로 제시된 임금피크제 시행에 대해 '아빠 봉급을 깎아 나를 채용한다구요?'라는 자극적 문구까지 등장하지 않았는가?

청년실업의 심각성은 여러 표현에서도 쉽게 볼 수 있다. 비정규직 일자리로 내몰리는 젊은이들을 '88만원 세대'라고 칭하더니, 언제부턴가 연애·결혼·출산을 포기했다는 '3포 세대', 나아가 내 집 마련과 인간관계도 포기한 '5포 세대', 여기에 꿈과 희망마저 포기하는 '7포 세대'란 말까지 등장했다. 이것도 끝이 아니란다. 만사를 '다 포기한다'는 'n포 세대'라고 칭하더니 '청년실신'이라고까지 한다. 이렇게 좌절한 청춘들은 우리나라를 지옥에 비유해 '헬(hell)조선'이라고도 한다. 정부 스스로도 '취업욕구가 충족되지 않은 노동력'이라는 사실상 실업자 수가 300만명에 이른다고 했다. 특히 청년층 노동인구의 감소 속에 시간제와 비정규직 비중이 증가하다 보니 얼마 전 인기리에 방영된 [미생]의 장그래 같은 청춘들이 흔한 존재가 됐다.

한 번 되짚어볼 대목이 있다. 사실 청년실업 문제가 심각해진 근본 원인은 성장 둔화와 경쟁력 상실이다. 1997년 외환위기 이후 누적된 문제다. 내수 침체와 수출 부진이 이어지면서 기업은 미래를 어둡게 보고 채용을 줄일 수밖에 없다. 또 많은 시간과 노력을 들여 교육해야 하는 신입사원보다는 단기에 성과를 낼 수 있는 경력직을 선호할 수밖에 없다. 그러니 경력이라도 쌓자는 심정으로 비정규직의 문을 두드리는 악순환이 거듭되는 것이다.

기업에 몸담고 있는 나 역시 묘책을 제시하지 못해 안타깝다. 다만, 교과서 같은 얘기지만 늘 인력 부족에 시달리는 중소·중견 기업을 다시 돌아보고, 좁은 이 땅을 박차고 나가 성장할 수 있게 젊은이들을 설득하고 북돋아줘야 하지 않을까?

취업과 창업 문제를 해결하는 데 '신의 한 수'는 없다.

평생직장은 없고 평생직업만 있을 뿐이듯. 그러면 고용은 누가 하는가? 바로 기업이다. 그럼 기본은 무엇인가? 당연히 기업이 사람을 많이 채용할 수 있게 성장동력을 확충하는 게 더딘 것 같지만 최선의 정책이다.

2015.11.16

여초시대를
살아갈
지혜

40년 전 '국민학교'는 그랬다. 80명쯤 되는 아이들이 다닥다닥 붙어 앉아 수업을 들었다. 운이 없거나 키가 큰 10명가량의 남자 아이는 여자 짝꿍 없이 자기들끼리 앉아야만 했다. 어떤 선생님은 그런 말씀도 했다. "너희가 결혼할 때가 되면 남자가 훨씬 더 많아져서, 일처다부제 사회가 될지도 몰라." 그런데 거짓말처럼 여초시대가 왔다. 지난 6월 정부가 인구통계를 관리하기 시작한 이래 처음으로 여성의 수가 남성의 수를 앞질렀다.

여초시대가 된 이유는 크게 두 가지로 생각해 볼 수 있다. 첫째 고령화 시대에 따른 여성 노인 인구의 증가를 들 수 있고, 둘째 언젠가부터 사라진 남아선호 사상이다. 100세를 사는 건강 사회에서 술·담배를 덜 접하는 여성이 오래 사는 것은 당연한 일이지만, 남아선호 사상이 사라진 것은 무엇 때문일까? 아들 키우는 부모

입장에서 몇 가지 추론이 가능하다. 부모의 노후를 아들이 당연히 책임지던 시대에서 각자도생하는 시대로 바뀌어버린 것, 전세든 무엇이든 아들에겐 신혼집(딸이라면 혼수비용이겠지만)을 얻어줘야 한다는 경제적 부담감, 바늘구멍 취업난 속에 그걸 멀쩡히 지켜봐야 하는 안타까움, 이런 것이 얽히고 설켜 아들보다는 딸을 원하게 된 듯싶다.

사실 내게 여초시대는 8년 전쯤 일찌감치 찾아왔다. 서비스업의 꽃이라 불리는 여행사는 여성이 전체 직원의 80% 이상을 차지한다. 여행사를 이용하는 고객 역시 여성이 압도적이다. '여초 직장'에서 일하다 보니 신경 써야 할 일이 한두 가지가 아니다. 물끄러미 여직원을 바라보는 일도 자제해야 하고, 출근시간에는 복장도 단정히 해야 한다. 회식이나 술자리에서는 만에 하나 실수라도 할까 빨리 자리에서 일어나고, 직원 면담이라도 할 때는 미리 예상되는 상황을 머릿속에 그려놓고 말 한마디와 표현 하나를 조심해야 한다.

약간 불편하지만 괜찮다. 우리 회사 여직원들은 정말 일을 잘한다. 그냥 고맙다. 동시에 미안하다. 여전히 우리나라는 여성이 일하기 좋은 사회가 아니어서다. 얼마 전 한 살배기 아이를 둔 직원과 면담을 할 기회가 있었다. 한국에서 '워킹맘'으로 살아가는 것이 얼마나 힘든 일인지 또 한 번 느꼈다. '육아와 가사는 여성의 몫'이라는 인식이 강한 사회에서, 제대로 직장생활을 하기 위해서는 '여성(육아와 가사의 몫)'의 자리를 시어머니 또는 친정어머니께 넘기지 않으면 안 된다. 그 자리를 거저 넘길 수 있는 것도 아니다. 출산휴가 3개월, 육아휴직 1년을 쓰고 나면 본의 아닌 경력단절이 생기고, 그 과정에서 뭔가 균열이 발생한다.

더구나 대부분의 여성은 아직도 유리천장을 바라보고 그 밑에서 일해야 한다. 아주 가끔, 탁월한 능력과 헌신으로 그걸 뚫고 올라선 여성들에 대한 시선 역시 곱지 않다. 남자 동기를 제치고 임원이나 경영자가 된 여성에겐 실력보단 무슨 배경이 있지는 않은지, 숨겨진 인간관계는 없는지 갖가지 억측이 뒤따른다. 겉으로 세련되고 친절한 것처럼 보이는 남성에게도 이런 남성우월주의가 기본적으로 배어 있다. 여초시대, 숫자를 따지기 전에 이런 문제에 대한 진지한 고민이 필요하지 않을까?

나도 예외가 아닐 지 모른다. 고백하자면 나는 부부동반 골프 모임은 절대 사양한다. 운동신경이 발달한 아내는 나보다 드라이버를 더 멀리 친다. 이 핑계, 저 핑계를 대면서 회피한다. 그 놈의 자존심 때문에.

2015.09.21

다시
기본으로
돌아가자

'다시 시작하자'.

　새해 아침도 아닌데 뜬금없이 새롭게 시작하자니 무슨 말인가 하겠지만 지금의 상황은 누군가 나서서 '새 출발' 선언이라도 해야 할 듯하다. 저성장과 고실업으로 힘겹게 하던 한국 경제에 이름도 생소한 메르스라는 전염성 질병이 등장 했다. 마치 공상과학 영화의 상품코드마냥 고유번호를 부여 받은 환자가 늘어나더니 경제·사회·문화 전반에 걸쳐 엄청난 부작용을 양산했다. 급기야 국제적 사태로 확산돼 불과 한두 달 사이에 한국은 기본적인 방역 시스템도 갖추지 못한 후진국으로 전락해 버렸고, 국민은 전 세계로부터 잠재적 보균자 취급을 받았다.

　이후 벌어진 일련의 일들은 우리가 잘 아는 바와 같다. 외국인 관광객이 급격히 줄었고, 관련 산업은 순식간에 얼어 붙었다. 주가는 흔들리고, 경기는 회복은커녕 바닥을 치는 상황이다. 올해 경제성장률은 3% 달성도 어렵게 됐다. 무엇보다 최근 몇 년간 힘들게 쌓아온 의료관광 선진국의 기치가 무색해진 것이 너무나 아쉽다.

사태가 이렇게까지 확산된 이유는 여러 가지일 거다. 언론이 지적하듯 초기 대응 미흡, 관리체제 부실도 타당한 얘기다. 그러나 경영자의 시선에서 가장 마음에 걸린 것은 '오만한 태도'다. 사석에서 이런 얘기가 오갔다. 이번 메르스 사태가 발생하기 전까지 '우리 한국인은 수퍼맨과 같은 강인한 체질의 민족'이라는 자부심을 가진 사람이 꽤 많았다고 한다. 중국·홍콩 등 주변국에서 몇 년 사이 사스와 조류인플루엔자(AI) 등으로 수백명이 죽고 고통받을 때에도 '마늘과 김치를 먹고 사는 우리는 괜찮다'는 인식이 있었다는 것이다. 쉽게 말해 병이 무서운 줄 모르고 살았다는 의미다. '의료기술이 세계 최고 수준'이라는 착각도 한몫했다. 의료기술은 그럴지 모르나 병원 행정을 포함한 의료 시스템은 결코 그렇지 않았다. 의심 증상이 있어 환자가 병원을 찾아도 되돌려 보내고, 증상이 나타난 몸으로 이 병원, 저 병원에 다니는데 제지하지 않았다. '며칠 푹 쉬고 나면 괜찮아 질 것'이라며 감기로 치부한 의사도 있었다. '우리는 건강하다' '우리는 최고'라는 자부심이 지나쳐 오만과 착각으로 나타난 결과다.

2015.07.13.

도끼를 탓하지 않는
소나무처럼 살길

#1.

어느 날 집사람과 동네 식당에 갔을 때의 일이다. 음식을 주문하고 있는데, 직원의 태도가 왠지 모르게 건성건성인 듯해서 기분이 상했다. 다른 직원들의 모습도 비슷했다. 언행이 불친절할 뿐만 아니라 일을 별 생각 없이 대충대충 하는 게 아닌가. 심지어 매우 뜨거운 음식을 운반하면서 주의를 기울이지도 않았다.

그래서 나도 모르게 혼잣말로 지적하고 있는데 집사람의 얼굴이 일그러졌다. "당신이 이 집 사장이야? 왜 그리 못마땅한 게 많아?" 매사 그리 불만이면 외식은 왜 하느냐는 구박이 이어진다. 그러나 일부러 지적하려고 하는 게 아닌데도 부지불식간에 눈에 보이고 귀에 들리니 어찌하겠는가? 매사를 경영자의 관점에서 바라보는 습관 때문에 생긴 일인 듯하다. 이것이 병이라면 직업병이요, 산업재해가 아닌지 모르겠다.

#2.

며칠 전 병원에 갔을 때의 일이다. 예약시간보다 조금 일찍 가서 접수를 하는데 접수창구 직원이 진료 전에 몇 가지 검사를 해야만 진료를 받을 수 있다고 했다. 순간 나도 모르게 "국내 유수의 종합병원이 환자에게 사전고지도 없이 이런 법이 어디 있느냐?"라며 목소리를 높였다. 그러자 접수담당 직원이 차분하게 "분명히 전산상으로 안내문자가 발송된 것으로 나온다"고 반박했다. 다시 확인해 보니 두 개의 문자를 받았는데, 앞의 것은 못 보고 나중에 온 문자만 본 것이다. 미안하다고 가볍게 던지고는 걸음아 날 살려라 하고 진료실로 직행했다. 기다리면서 곰곰이 생각했다. 상대의 조그만 실수나 허물도 용납하지 않겠다는 삐뚤어진 시각으로 나의 몸과 마음이 이미 단단히 굳어져 버린 것은 아닐까. 이것은 분명히 경영자의 직업병이 아니라 인간으로서 인격 부족과 소양의 결핍이 분명해 보인다.

#3.

몇 년 전 경제잡지 포브스코리아의 '한국의 CEO를 말한다'라는 기획물에서 CEO들에게 '죽을 권리와 살아야 할 의무' 중에서 하나를 선택하라고 했다. 결과는 '품위를 지키면서 죽을 권리가 어떻게든 살아야 할 의무보다 훨씬 더 많다'고 나타났다. 그런데 최근 어느 경영자의 죽음으로 우리 사회가 논란에 휩싸여 있는 것을 보면서 착잡한 생각이 들었다. 마지막 죽음의 순간에도 메시지를 전해 이 세상과 사회에 뭔가를 남기고자 하는 행위가, 옳고 그름을 떠나 분명 다른 직업인과는 참 다르다는 생각이 많이 들었다. 예전 D건설 N사장의 죽음도 생각난다. 한강에 뛰어드는 극단적 선택을 할 수밖에 없었던 충격적 사건으로 아직도 뇌리에 생생하다. 경영자의 죽음은 일반인의 그것과는 조금 다른 것 같다. 특히 종교인의 죽음과는 참으로 다르다는 생각이 든다. 고(故) 김수환 추기경의 '서로 사랑하고 용서하라'는 마지막 메시지와 각막기증 행위를 보아도 그러하다. 그러고 보니 이 땅에서 기업을 한다는 것은 정상과 비정상, 준법과 위법이라는 칼날 위에 서 있는 것과 같다는 어느 경영자의 푸념이 떠올라 웃어 넘길 수가 없다. 물론, 성철스님도 '사람들은 소중하지 않은 것에 미쳐 칼날 위에서 춤을 추듯 산다'고 진작에 설파하셨지만.

이솝 우화의 '도끼를 탓하지 않는 소나무'를 음미하면서 글을 마칠까 한다. '나무꾼이 소나무를 쪼개고 있었습니다. 그런데 나무꾼이 쓰는 도끼자루는 바로 그 소나무 가지로 만든 것이었습니다. 그래서 소나무가 말했습니다. 내 몸으로 만들어진 도끼인 만큼 나를 쪼개는 도끼를 탓하지는 않겠습니다.'

2015.05.11

오늘을
살아가는 법

　부끄러운 고백부터 하자. 나이 반백이 넘었고, 직장 생활도 30년 넘게 했지만 어찌해야 할지 모르는 일이 나에게는 아직도 너무나 많다. 그래서인지 나는 직원들이 어렵고, 주주들이 두렵고, 이 사회와 세상이 때로 무섭다. 뉴스를 챙겨보고, 출근하면 조간신문부터 펼친다. 각종 전문지도 꽤 많이 본다. 열심히 배우지만 여전히 내가 세상을 보는 눈은 정확하지 않다.

　오늘을 살아가기 위해 참고했던 지난날의 사례나 교훈도 별 도움이 안 된다. 특정 직업이나 학력을 보면 그 사람이나 그가 속한 집단을 어느 정도 객관적으로 판단할 수 있었지만 이젠 그마저도 쉽지 않다. 이제껏 우리 사회를 선도하고 지탱해온 사회 지도층의 일탈이 일상이 된 탓이다. 연륜·경륜·경험으로 인정 받았고, 실제로 그들에 의해 사회에 뿌리내린 유용한 가치들이 한 순간에 무너지고 있다.

최고의 지성이라는 교수의 끊이지 않는 논문 표절과 연구비 횡령, 심지어 제자 성추행까지…. 높디 높던 상아탑에 금이 간지 오래다. '그림자도 밟지 않는다'는 존경의 대상은 눈에 넣어도 아프지 않을 어린아이를 두들겨 패고, 학대하는 사람이 됐다. 정의로움의 상징이자, 사회 질서의 마지막 보루인 법조인 역시 끊이지 않는 막말 논란과 금품수수로 권위를 상실했다. 이미 동네북이 되어버린 정부와 정치권은 또 어떤가. 연말정산 혼란과 원로 정치인의 성추행, 자질을 의심케 하는 언동에서 우리는 무엇을 느껴야 하는가? 공정한 보도 윤리를 생명처럼 여겨야 할 언론은 '아니면 말고' 식의 보도와 불법 녹취로 스스로 나락으로 떨어뜨리고 있지 않은가?

기업도 예외가 아니다. 일부 경영자의 '갑질'이야 새삼스러운 것도 아니지만 최근 더욱 부각되는 것은 벼랑 끝에 내몰린 취업준비생의 간절한 열정을 악용하는 일이다. 턱없이 낮은 급여로 노동력을 착취하는 악덕 업주가 워낙 많다 보니 이를 비꼬는 '열정페이'라는 신조어도 생겼다. 인턴십이라는 미명 하에 젊은 청춘의 노동력을 악용하고, 입사원서에 생기는 스펙 한 줄이 아쉬운 학생들을 이용해 불공정 노동행위를 서슴지 않는 이들을 보면서 같은 경영자로서 자괴감을 느낀다.

언제부터, 대체 왜 우리 사회가 이렇게 되었을까? 나는 이 시대의 문제가 특정 계층과 특정 집단의 문제가 아니라 총체적이고 전반적인 위기 현상이라 생각한다. 우리 사회가 성장·글로벌·혁신 등의 화두를 강조하면서 새로움에 천착한 부산물은 아닐까? 속도를 중시하면서 기본을 망각한 부작용은 아닐까? 이대로 가선 안 된다. 어느 한 쪽에 힘을 싣지 말고, 균형을 찾아야 한다. 강함보다는 부드러움이, 권한보다는 책임이, 발언 보다는 경청이 더 중요한 가치가 돼야 한다.

두 손으로 모래를 한 움큼 잡아보라. 부드럽게 잡은 모래는 거의 흘러내리지 않지만 꽉 움켜잡으면 모래는 손가락 사이로 빠르게 새나간다. 강하게 잡으면 잡을수록 더욱 많은 모래가 빠져 나가버린다. 지금은 쥐어짤 때가 아니다. 곪을 대로 곪은 우리 사회를 치료하고, 공공의 건강을 회복해야 한다. 성장도 좋고 혁신도 좋지만 조용히 되돌아보자. 오늘을 사는 우리에게 필요한 게 무었인지 진지하게 복기해보자.

'오늘을 사는 법'이란 질문에 대한 답은 정치 구단이라는 김종필 전 총리의 말로 대신하고 싶다. "입 다물고 건의는 조용히…."

2015.03.09

모두 좋아할
CEO의 건배사
'성·과·급'

추운 날씨에도 오늘 지면(紙面) 송년회에 이렇게 많이 참석 해주신 경영자와 독자 여러분께 진심으로 감사 드립니다. 고백하 건대, 사실 저는 지난해 사용했던 송년사를 올해도 그대로 사용할 까 합니다. 왜냐하면 올해도 역시 다사다난했고 힘겨웠고, 가슴 아팠던 한 해였기 때문입니다. 크고 작은 사건과 사고들, 언제나 그렇듯이 오감을 자극하는 정치·경제·사회의 각종 루머와 가십성 이야기들, 거기에 따른 시끄러운 논란…. 그리고 그 사이에서 때 론 분노로, 어느 때는 감동으로 이리 밀리고 저리 쏠리면서 우왕 좌왕하는 우리의 모습들 역시 한치의 변화도 없었던 것 같습니다.

사실 송년사를 하기에는 조금 이르다고 생각도 했지만, 막상 거 리에 나가보니 그런 것도 아닌 것 같습니다. 시청 앞에 성탄트리 가 장식된 지 제법 됐고, 광화문 광장에 설치된 사랑의 온도계 온도 역시 많이 올라갔습니다. 송년의 밤이니 송년콘서트, 송년음악회 등의 안내방송도 자주 들립니다. 특히 이미자·조영남·태진아 등의 송년디너쇼 현수막이 육교 위에 걸려 있다면 송년은 분명히 코 앞에 와 있는 것이 확실합니다. 자선냄비 종소리가 캐럴과 더불어 더욱 크게 울릴 겁니다. 그럴 즈음이면 동창회·동호회·송년회 등이 막차를 기다리듯이 여러분을 부르고 있겠지요. 평소 모임에 잘 안 나가셨다면 이번에 감투 하나쯤 쓰실지도 모릅니다. 회장이나 총무 타이틀을 달아 모임 참석을 유도하는 것이 고전적 수법이니까요. 또 몇 마디 잔소리와 벌주 몇 잔도 각오하셔야 할 겁니다.

술 이야기가 나왔으니 말인데, 이제 본격적으로 대한민국이 술독에 빠지는 날이 이어지고 있습니다. 때맞춰 언론에서는 연말 잦은 술자리 숙취해소 방법에 대한 기사가 넘쳐날 것이고, 알코올을 분해하는 아세트 알데히드니, 간을 보호해주는 글루타민산 같은 전문용어도 자주 등장하겠지요. '천천히 마셔라' '약한 술부터 먹어라'는 식의 덜 취하는 방법과 위점막을 보호해주는 비법도 난무할 겁니다.

송구영신! 송년이 무엇입니까? 묵은 한 해를 보내는 것이지요. 나아가 송년의 정을 나누며 새해를 맞이하는 것이기도 합니다. 신년회 준비가 되어 있어야 송년회도 할 수 있음을 잊지 말아야 합니다. 여러분은 송년회와 건배사 준비는 하셨는지요? 단순히 '위하여'라고만 했다간 고지식하다고 할지 몰라 전전긍긍하실지도 모릅니다. 그렇다고 삼행시 스타일로 하려다가 의미가 제대로 연결이 안 되면 망신살 뻗칠까 걱정도 되시지요? 오죽하면 몇 년 전에는 멋진 건배사를 위한 책이 나오고, 애플리케이션도 개발되지 않았습니까?

멋지고 폼 나게 그리고 약간은 잘난 체하면서 건배사를 하는 모습을 한번쯤은 상상해 보았을 겁니다. 대한민국에서 무난히 살아가려면 마치 노래방에서 18번 노래가 있어야 하듯 그럴듯한 건배사 한두 개는 가지고 있어야 합니다. 문제는 회사의 복잡한 경영 목표와 재무제표 숫자는 잘 외워지는데 몇 문장 되지 않는 건배사는 왜 그리 기억나지 않을까요? 남이 하면 '아, 나도 아는 건데' 하면서도, 막상 나에게 기회가 주어지면 아무 생각도 나지 않게 마련이죠. 그러나 이렇게만 외치시면 온 국민의 함성과 박수와 칭송을 들으실 겁니다.

'성(성실히 노력해),

과(과업을 달성했으니),

급(급여를 대폭 인상하겠습니다)'.

2014.12.29

저성장·고령화?
너무 쫄지 맙시다

　업계 모임에 참석했다. 반가운 얼굴들과 인사를 나누던 중 자연스레 최근 경제 상황과 기업 환경에 대한 이야기가 오갔다. 시기적으로 지금은 기업이 한창 내년 계획을 수립하고, 인력 채용 등 살림살이를 어떻게 꾸려갈 것인지 준비하는 때다. 이런 게 걱정, 저런 게 걱정. 다들 진지한 표정이었는데 그 모습을 보고 있노라니 옛날 어머니들이 옹기종기 모여 겨울 김장 걱정을 하던 모습이 문득 떠올라 입가에 미소가 번졌다.

　그러나 막상 대화 속으로 들어가니 웃음기는 싹 사라졌다. 대화 내용이 너무 심각했기 때문이다. 경제 여건이 워낙 안 좋다 보니 다들 어려움을 토로하는 분위기였다. 너나 할것 없이 내년 사업 계획은 '성장을 위한 계획'이 아니라 '살아남기 위한 계획'을 짜야 할 판이란 이야기를 했다. 순간 미래학자 자크 아탈리가 말한 '위

기에서 살아남는 방법'이 떠올랐는데 많은 CEO들은 다가올 위기
와 불확실성에 대해 큰 우려를 나타냈다.

이코노미스트가 1259호에서 '살아남을 기업의 비밀'을 커버스
토리로 다룬 것은 시의적절했다. 특히 "기업이 변신을 시도하면
생존 확률이 60~70%지만 변신하지 않으면 반드시 죽는다"는 챨
스 홀리데이 전 듀폰 CEO의 말은 새겨둘 만했다.

기업이란 '계속기업(going concern)'과 '이익 창출'이란 두 가지 명
제를 지닌 생명체임을 경영학개론에서 귀가 아프도록 들었다. 그
런데 이게 어려워진다니 그 충격은 실로 엄청난 것이다. 본격적인
저성장 시대다. 시장 확대가 어려워져 경쟁이 한층 심화되면 '남
의 불행이 나의 행복'이 되는 시기가 찾아올 것이다. 정보를 공유
하자며 만든 업계 모임이 철천지원수들의 모임이 될지도 모른다
고 생각하니 등골이 오싹해졌다.
경영 우화 하나가 떠올랐다. 사업을 하는 친구 두 명이 산에서
호랑이를 만났는데 한 친구가 잽싸게 등에 맨 배낭에서 운동화를
꺼내 갈아 신었다. 다른 친구가 생사가 걸린 마당에 '네가 호랑이
보다 빠르냐?'고 핀잔하자 운동화를 신은 친구는 빙그레 미소를
지으며 말했다. "너보다 빠르면 되지."

개인의 삶도 마찬가지다. 우리는 '100세 시대'니 '초고령화 사

회'라는 표현에서 축복이나 기쁨을 떠올리기보다 고단한 노후와 외로움을 떠올린다. 노후를 행복하고 건강하게 보내는 방법이라든가 100세 시대를 어떻게 준비하라는 이야기가 많다. 결론은 더 아끼고, 더 많이 저축하라는 얘기다. 보험사는 물론 정부까지 나서서 거든다. 그리 탄탄하지 않은 우리의 연금 환경과 사회안전망 때문이겠지만 이것이 과도하게 공포를 조장하는 것처럼 느껴질 때가 많다.

과한 걱정은 현재를 우울하게 만든다. 이는 미래에 대한 불안감으로 점증돼 개인과 사회 전체를 더욱 어둡게 채색한다. 나는 암담한 미래를 자꾸 언급하면 정말 미래가 암담해질 것 같은 생각이 든다. 착실하게 하루 하루를 살아가는 우리의 일상도 참으로 대단하지 않은가?

미래를 준비하는 것은 바람직하다. 그러나 과도한 걱정으로 현재를 옥죌 필요는 없다고 생각한다. 다가올 미래는 미래의 나에게 맡기고, 지금의 나는 오늘의 나에게 보다 충실하면 어떨까? 기업도 개인도 모두가 어렵다지만 이제껏 그래왔듯 잘 해낼 수 있지 않을까? 우리 너무 쫄지 맙시다.

2014.11.10

오너를 위한 변명

서울 강남의 마지막 노른자위 땅으로 알려진 한전 부지 입찰을 둘러싼 논란이 지속되고 있다. 입찰 과정에 부정이 있던 것도 아니고, 입찰 방식에 하자가 있었던 것도 아닌데 왜 그런 걸까?

논란의 진원지는 감정가보다 너무 높은 금액에 낙찰된 것이 아니냐는 의구심이다. 그런데 여기에 모순이 있다. 입찰 가격의 높고 낮음은 감정가가 기준이 아니라 기업의 필요성 내지 간절함의 정도다. 원래 계약이라는 게 청약과 승낙에 따라 이뤄지는 것이다. 경쟁 입찰이라는 건 각각 가액을 자유롭게 제시하고 그중 최고 가격을 제시한 업체가 낙찰 받는 게 원칙이다. 가지고 싶은 사람이 많으면 가격은 당연히 올라갈 것이다. 특히 가지려는 욕망이 크면 클수록 가격이 더 올라가는 게 세상 이치다.

일부 시민단체에서 과도한 금액으로 입찰에 참가해 주주의 이익을 심대히 침해했다고 주장했다. 이것 역시 불합리한 주장이 아닌가 싶다. 이런 논란이 성립되려면 조건이 필요하다. 경쟁사가 얼마에 입찰하는지 확실히 알고도 높은 가격에 응찰했다면 그건 마땅히 주주의 이익을 현저히 해하는 행위라고 할 수 있다. 그러나 상대방의 카드를 전혀 모르는 상태에서 결과에만 책임을 지운다면 그것은 억지에 가깝다고 생각된다.

오너가 직접 입찰가격을 결정한 것으로 알려져서 일부에서는 '통 큰 결단'을 내린 것으로 이야기하고, 또 일부에서는 무모한 투자라고 말한다. 이는 보는 사람의 관점에 따라 차이가 있는 것이다. 당사자가 "100년을 내다본 꼭 필요한 투자"라고 설명하는데 굳이 그것이 아니라고 이야기하는 것도 우습지 않은가?

다만 '돈이 공기업인 한전으로 가는 것이기 때문에 국가에 기여하는 것으로 생각했다'라는 말이 나오는 건 아쉬운 대목이다. 결과를 가지고 부연설명 한 것으로 느껴진다. 입찰 가격을 제시하는 시점에서는 낙찰을 위한 '최저 가격'이라는 신념과 확신으로 응했을 것이기 때문이다.

작은 규모이긴 하지만 나 역시 몇 년 전 본사 부지 매입을 위한 공개 입찰과 기업 인수·합병을 위한 최종 과정에 당사자로 직접 참여한 경험이 있다. 그러나 최종 순간에 결단을 내리는건 역시 오너의 몫일 수밖에 없다고 생각한다. 경영자로서의 책임 회피가 아니다. 어찌 보면 우리가 교과서에서 배운 합리적 의사결정이라는 것은 해도 그만, 안 해도 그만이라는 전제 아래에서 성립되는 것이기 때문이다.

사실 이번 논란으로 우리가 다시 한번 생각할 건 무엇보다 경영자의 의사결정이 결코 쉽지 않다는 것이다. 다음으론 기업의 사활이 걸리고, 미래를 위한 핵심 사안이고, 반드시 해야만 하는 것이라면 과감한 결단만이 승부를 가를 수 있고 그건 오너만이 감당할 수 있다는 점일 것이다.

되돌아보면 1960년대 이후 한국의 고도성장을 이끈 한국적 오너 경영이 투명성과 윤리성을 확보하지 못해 1997년 외환위기를 기점으로 졸지에 시대에 역행하는 시스템으로 전락했다. 무척 안타까운 일이다.

한국적 오너 경영의 장점은 많다. 강력한 조직 장악력, 장기적 관점과 안목으로 수조 원이 드는 사업을 벌이는 결단, 불황기에도 선제적 투자를 감행하는 용기, 장기적·전략적 경영을 가능하게 하는 책임감···. 물론 독단적이고 불투명한 의사결정과정, 경영권 편법승계, 비자금 조성 등으로 비난을 받고 있는 것도 현실이다. 그러나 그것은 오너 경영 자체의 문제가 아니라 그런 시스템을 운영하는 사람들의 문제다.

2014.10.06

화해와 소통이
진정한
추석 선물

　추석입니다. 대형 유통점의 광고 전단지와 길거리 점포 앞
의 화려한 선전문구들이 요란하네요. 우리 회사에 여행 문의 전
화소리가 요란해진 것도 그렇고요. 일부 기업에 국한되긴 하지만
대체휴가제가 시행되는 첫 해라 사업하는 입장에선 기대가 큽니
다. 올해는 이상기온과 윤달 때문에 중추절이라는 이름이 무색합
니다. 계절적으로 가을이라 하기엔 이르고, 여름이라 보기엔 좀
민망한 아무튼 어중간한 날입니다. 그래도 추석이 왔음은 분명합
니다.

　달에 옥토끼가 살지 않는다는 사실을 알게 된 후부터 추석을 맞
는 감흥이 영 시들해지긴 했어도 저에게 추석 느낌은 여전히 따뜻
합니다. 흩어져있던 가족이 부모님 앞으로 모이고, 이런 저런 소
소한 일상을 나누는 날, 오고 가는 술잔과 대화, 낯설었던 가족과

의 일상이 다시 평범함으로 회귀하는 날이기도 하겠죠. 물론 요즘은 이런 명절의 의미보다 휴일이란 의미가 더 부각되긴 하지만요. 그래도 아직 추석은 추석입니다.

추석이라고 하니 줄다리기, 소싸움, 강강수월래 같은 전통놀이도 떠오르네요. 사실 요즘은 추석 때만 볼 수 있는 것도 아닙니다. 어린 시절 소풍 가는 날이 되야만 먹을 수 있었던 김밥이 가장 손쉽게 사 먹을 수 있는 일용식이 된 것처럼요. 줄다리기부터 볼까요? 줄다리기는 원래 여러 사람이 편을 갈라 굵은 밧줄을 마주잡고 당겨서 어느 한쪽으로 당겨질 때 승부가 결정되는 놀이입니다. 그런데 포털사이트에 검색을 해보면 이 민속놀이보다는 각종 이해집단 간의 다툼을 표현하는 기사들이 먼저 검색됩니다. 기업 간, 관련 부처 간 줄다리기가 한창이라는 기사가 보이고, 증시에선 개인과 외국인 투자자 간 팽팽한 줄다리기를 하는 모양입니다. 여의도에서 광화문으로 전장을 옮긴 여야의 줄다리기도 빼놓을 수 없겠죠.

소싸움은 어떻습니까? 최근 소싸움으로 유명한 청도 소싸움장에선 운영 주체 간의 다툼이 벌어져 행사가 중단됐답니다. 소싸움이 '사람 싸움' 때문에 멈춰선 거죠. 소가 들으면 웃을 일이겠지요. 멀리 소싸움장까지 갈 것도 없습니다. '밀리면 죽는다'는 건곤일척의 전쟁이 매일 벌어집니다. 학부모와 교육청, 소비자와 제조

업체, 지자체 간 기간시설 유치 다툼, 지역 개발을 둘러싼 이권 다툼. 모두 양보 없이 앞만 보고 돌진하는 소싸움과 다를 바가 없습니다.

강강수월래도 생각합니다. 이순신 장군이 임진왜란 당시 용병술로 활용했다는 강강수월래는 적으로 하여금 우리 군사가 월등히 많다는 것을 보여주기 위해 시작됐습니다. 집단을 이뤄 돌고 도는 강강수월래 역시 요즘 세태를 반영합니다. 시작은 있으나 끝은 없고, 결론 없이 돌고 돕니다. 남의 말엔 귀를 닫고 자기 주장만 앞세우죠. 씨름의 샅바싸움에선 여야 간, 노사 간, 계층 간, 세대 간 분열이 먼저 떠오르는 군요.

"대부분의 선진국처럼 한국도 중요한 사회 문제들이 있고 정치적 분열, 경제적 불평등 관심사들로 씨름하고 있다." 얼마 전 방한한 프란치스코 교황의 말입니다. 그는 소통과 화해를 추석선물로 주고 떠났습니다. 올 추석 선물 무엇으로 할지 고민 많으시죠? 날 속상하게 했던 이들에겐 용서를, 평소 소원했던 이들에겐 대화를, 다퉜던 이들에겐 양보를 선물하는 건 어떨까요? 그래야 진짜 명절의 의미가 되살아나지 않을까요?

<u>2014.09.08</u>

미스터리
투어

　　고객을 가장해 매장을 방문한 뒤 직원의 서비스 등을 평가
하는 사람을 '미스터리 쇼퍼(Mystery Shopper)'라고 한다. 일반 여행
객을 가장해 고객과 함께 여행을 떠나는 것을 나는 '미스터리 투
어'라고 표현한다. CEO가 신분을 속이고 말단 직원으로 위장 취
업해 현장을 체험하는 미국 프로그램 '언더커버 보스'와 비슷하
다. 다만 나의 경우엔 한계가 있다. 여권 정보를 노출할 수밖에 없
으니 함께 가는 TC(인솔자)와 현지 가이드는 나의 존재를 알게 마
련이다.

　　출국 날 공항에 도착하면 일행 사이에 탐색전이 벌어진다. 곁
눈질만으로도 가족인지, 친구인지, 연인인지 귀신같이 판별해낸
다. 좌석 배치는 여행의 고통과 즐거움을 좌우하는 운명의 티켓이
다. 대화에 굶주린 일행의 옆자리에 앉는다면 비행 내내 고문에

시달려야 한다.

'왜 혼자 왔느냐?'는 단골 질문이 나오면 나는 "사정이 있어 그렇게 됐다"고 답한다. 고개를 끄덕이며 이해하는 척 하다가 조심스럽게 다시 물어 온다. "혹시 이혼하셨어요?" 웃으며 아니라고 답한다. 졸릴만하면 또 질문 세례다. '나이가?' '혹시 직업은?'…. 한번은 시달리기 싫어 딸과 함께 갔더니 이번에는 아이를 붙들고 "왜 엄마는 안 왔느냐?"고 묻는다. 딸은 두 번 다시 아빠와 단 둘이 여행을 가지 않겠단다. 괴롭다.

그런데도 왜 가느냐고? 배움이 있기 때문이다. 특히 나는 인솔자를 보며 많은 걸 느끼고 배운다. 현지 상황에 맞는 가이드의 적절한 대응은 여행을 의미 있는 드라마로 만들어 준다. 한 동남아 국가에 갔을 때 일이다. 소수민족 거주지를 둘러보는 일정이었는데 가이드가 잠시 동네 구멍가게로 들어갔다. 그리고는 낱개로 포장된 작은 과자들을 박스째 구입했다. 의아해 물어보니 동네 어린이들에게 줄 것이라고 했다. 고개를 끄덕이며 나도 따라 구입했다.

마을에 도착하니 멀리서부터 가이드를 보고 동네 아이들이 달려오기 시작하는데 그 조그만 마을에 아이들이 왜 그리 많은지. 돌아오는 길에 이렇게 나눠주는 건 문제가 있지 않느냐고 조심스레 물었더니 가이드는 "오지라 찾아 오는 이가 거의 없는데다, 아이들이 항상 나를 기다리고 있는 걸 모른 척하기 어렵다"며 "일부

관광객이 돈을 주는 것보다는 이 편이 차라리 나은 것 같다"고 담담하게 말했다. 나는 과자 몇 봉지에 담긴 작은 마음이 얼마나 소중한 지 그 때 깨달았다.

인솔자의 재치 있는 말투도 여행을 더 맛깔 나게 만든다. 유적지를 한창 설명하고 있는데 재미없다는 듯이 앞질러가는 고객을 발견하곤 외친다. "시대는 앞서가야 하지만, 가이드는 절대 앞서가지 마라." 설명 도중에 조는 관광객을 발견하기라도 하면 가이드가 말한다. "결혼 후 가족과 여행을 와서 맨 뒷자리에 앉아 가이드가 열심히 설명할 때 꾸벅꾸벅 조는 게 내 소원입니다." 버스 전체에 웃음이 번진다.

매번 미스터리 투어를 다녀오면 피곤함에 시달린다. 그럼에도 그 여행 가운데 새로움을 얻고, 전 세계 곳곳에서 열심히 일하는 직원들에게서 많은 걸 배우고 돌아온다. "은퇴하면 해외 여행이나 실컷 해야지." 우리나라 사람들이 흔히 하는 말이다. 과연 그럴 수 있을까?

여행에도 똑같이 적용되는 진리가 있는데 고기도 먹어본 놈이 잘 먹는다. 바로 지금 떠나자. 새로움과 배움이 있는 낯선 곳으로.

2014.07.21

채용면접
'뒷담화'

　　우리 회사는 매년 2회 신입사원 채용을 실시한다. 나는 특별한 일이 없으면 최종 면접을 직접 챙긴다. 인재를 채용하는 일이 경영의 중요한 요소이기도 하지만 젊은 그들의 모습을 보는 것 자체가 나 자신에게 신선한 자극이 돼서다. 사실 신입사원을 채용하는 건 부모가 씨앗을 뿌려 새싹으로 키워놓으면, 기업이 더 큰 수확을 위해 그 새싹의 묘목을 구입하는 일과 같다. 물론 부모는 내 자식이 잘 자랄 토양인지 걱정이고, 기업은 과연 제대로 된 묘목인지 동상이몽이지만.

　　면접 날 아침 수백 대 일의 경쟁을 거쳐 내 눈앞에 놓여진 이력서들을 대하자면 월드컵 1차 선발전을 거친 예비 국가대표 선수마냥 늠름하고 자신감 넘치는 얼굴들이 보인다. 기대가 커진다. 심호흡을 하면서 천천히 서류를 살펴본다. 아! 도대체 무엇이 그리 급하길래 이력서 하나 꼼꼼히 작성치 못하고 오·탈자 천지인지. 첨부된 증빙서류와 다른 내역도 수두룩하다.

그 순간 화려한 스펙과 이력은 한 순간에 물거품이 된다. 하나 둘씩 입장하면 가슴은 또 답답해진다. 약속이나 한 듯 남자는 모두 검은색(곤색) 양복에 흰 와이셔츠, 여자는 검은색 재킷에 흰 블라우스. "저기, 여러분. 여기가 장례식장입니까?" 깔끔하고 단정하라고 한 것인데 오히려 획일화 속에 개성이 사라졌다. 교육이 잘못됐거나, 기성세대가 잘못된 정보를 제공한 탓이겠지만.

질문에 대한 답변, 발언 형태는 한결같이 군기가 바짝 들은 신병모드다. 가벼운 질문에도 경직된 얼굴로 "네 그렇습니다"를 연발하니 면접관이 편할 리 있겠나. 분위기를 바꿔보려 웃으면서 가벼운 질문을 던져도 변함없이 신중모드다. 힘이 빠진다. 한결같이 1~2년씩 해외 연수를 다녀왔다.

나의 눈길은 자연스럽게 부모의 직업이나 연령으로 향한다. '이 친구가 부모의 노후자금을 얼마나 축내고 다녀왔을까' 하는 걱정에서다. 조심스럽게 학비 조달은 어떻게 했느냐고 물으면 한결같이 아르바이트를 했다고 한다. '글쎄~' 하는 의문이 든다. 토익 점수는 높은데 회화는 생활영어 수준이고, 수많은 아르바이트를 경험했다는데 자기 주장하나 제대로 펼치지 못하니 걱정이 더 앞선다.

취미와 특기를 물어보면 더 슬퍼진다. 자전거회사에 지원하면 취미는 자전거 타기 특기는 산악자전거 타기가 되고, 자기소개서에는 너나 할 것 없이 어릴 적 자전거에 얽힌 추억과 에피소드를 적어뒀다. 여행사에 지원하면 당연히 취미는 해외 여행이다. 차라리 '자전거 탈 줄 모릅니다'라거나 '이제껏 여행갈 시간과 돈이 없어서 못 다녔습니다. 뽑아주시면 원 없이 다니겠습니다'라고 한다면 만사를 제치고 "합격이요!"를 외칠 텐데.

집이 좀 먼듯해 "합격하면 출퇴근을 어떻게 할거냐?"고 물으면 십중팔구 입사만 되면 회사 근처로 방을 얻어 이사를 올 것이라고 대답한다. 그 돈은 보나마나 부모님 노후자금에서 나올 텐데. 차라리 "잠을 좀 줄여서라도 내 평생에 지각은 없을 것"이라고 터무니 없는 거짓말을 하는 게 더 매력적이지 않은가?

임원들과 최종 점수를 집계하고 있는데 누군가 묻는다. "사장님, 오늘 면접을 너무 아빠모드로 보신 것 아닙니까?" 아뿔싸! 솔직히 답변했다. "그래, 사실 나도 취업을 기다리는 아들놈이 있다네." 이 땅의 모든 아들·딸에게 들려주고 싶은 뒷담화다.

2014.06.09

리더의 기본은
책임감

　　국가적 대형 참사를 목격하면서 한 사람의 국민으로서, 한 기업 조직의 경영자로서 '리더란 무엇인가'에 대해 다시금 생각하게 됐다. 사건, 사고야 늘 우리 주변에 있는 것이지만 이것들은 국민이 납득할 만한 상식 수준에서 일어나야 한다.

　　그래야 향후 대책을 세우든 개선책을 내놓든 뭔가를 할 수 있다. 그런데 도저히 있을 수 없는, 너무나 말이 되지 않는 사건이 우리를 찾아오면 무엇부터 시작해야 할 지 모르는 상황에 처해진다. 지금이 그렇다. 한 순간에 나라가 3류 국가로 전락한 참담한 현실 앞에 우리는 망연자실할 수밖에 없다. 특히 그것이 책임을 지닌 사람들의 비겁한 배신 때문에 발생했음이 확인되면서 국민적 분노는 더 크다.

　　저 혼자 살겠다고 수백 명의 어린 승객을 내팽개치고 구명정에 몸을 맡긴 선장, 선원들이나 회사 임직원과 거래처의 피눈물을 뒤로하고 몰래 뒷돈을 챙겨 해외로 도피하는 경영자나 사실 마찬가지다. 이들에게 공통적으로 찾아볼 수 있는 것은 바로 직업윤리의 붕괴다.

직업윤리의 바탕에는 책임의식과 봉사정신이 있다. 지금 우리는 이 기본을 저버린 사람들의 무자비함 앞에 놓여 있다. 리더란 누구인가? 단순히 집단을 이끄는 지도자를 말하지만 그 속에 내포된 의미는 매우 다양하다. 어렸을 때 우리가 부모님과 선생님으로부터 들었던 한 문장을 떠올려보자. "리더가 되려면 먼저 책임감이 있어야 한다" 아무리 유능한 석학들이 리더와 리더십에 대해 좋은 이야기를 많이 해도 이보다 핵심을 잘 짚은 말은 없다.

그 책임감이란 위기에서 더 빛을 발한다. 참된 리더는 어떠한 경우에도 자신과 운명을 함께하는 동료를 버리지 않는다. 위험할 때 자신의 안위를 걱정하거나 현실에서 도망간다면 그에겐 리더의 자격이 없다. 알량한 지식이나 화려한 언변, 모두가 고개를 끄덕일만한 학력, 몇 장의 자격증은 사실 책임감이 없다면 아무 소용없는 스펙이다.

돌아보자. 우리 아이들에게 어떻게 가르쳐왔는가? 기본에 충실한 리더보다 다양한 스펙과 외관을 갖춘 글로벌 리더가 되라고 가르치지 않았는가? 압축성장과정에서 어쩔 수 없는 선택이었다고 변명하겠지만 내실 없는 외형적 성장의 폐해가 지금 우리 사회를 좀먹고 있다. 그리고 이런 문제들이 반복적이고 지속적으로 벌어진다.

기초가 없는 지식은 공허하고, 기본이 없는 경영은 사상누각이다. 책임감 없는 리더가 얼마나 무서운 존재인지 우리는 이번 세월호 침몰을 통해 다시 한 번 깨달았다. 얼마 전 시끄러웠던 황제노역 논란도 본질은 잘못된 생각을 가진 리더의 도덕적 일탈이지 않은가? 노블리스 오블리주는 돈으로 하는 게 아니다. '한국 사회에서는 존경 받는 리더를 찾아보기 어렵다'는 자조가 들려온 지 오래됐다.

이제부터라도 마음가짐을 바로잡자. 그리고 올바로 가르치자. 아이들이 어른들의 실책과 실수를 반복하지 않도록 하자. 기본과 원칙을 중시하고, 책임감을 가장 중요하게 생각하는 든든한 리더가 이 사회에 많이 배출될 수 있도록 국가와 기업 전반의 제도와 시스템을 점검하자. 만약 이번에도 시간으로 대충 때우려 한다면 단언컨대 이 나라의 미래는 없다.

2014.05.05

직원과 조직을
믿어라

직장인에게 출장은 다양하고 미묘한 감정의 변화를 주는 업무 가운데 하나다. 특히 멀리 그리고 장시간 떠나는 해외 출장이라면 그런 마음이 더 하지 않을까 싶다. 가슴 설레는 여행의 느낌이 그럴 것이다.

특히 해외라는 지리적 공간이 가져다 주는 일탈의 기대감은 더욱 크다. 못된 상관이나 바쁜 회사 업무로부터 해방되는 것도 기쁨도 누릴 수 있을 것이다. 그렇다면 경영자에게도 이런 사례가 적용될까? 얼마 전 나의 출장은 아래와 같았다.

비행 시간에 맞춰 인천공항에 허겁지겁 도착했다. 출근해서 일보고 나와야 마음이 편하기 때문에 출발 임박해서야 온 것이다.

출국수속을 간단히 마치고 면세점을 지날 즈음 선물을 사나마나 하는 잠깐의 갈등과정을 거친다. 그러나 괜히 견물생심의 유혹을 떨쳐버리지 못해 '지름신'이라도 강림할까 눈길 한 번 주지 않고 게이트로 향한다. 해당 탑승구에 도착해 자리에 앉으니 출발 시간까지는 조금 여유가 있다.

이때 경영자의 고질병이 나오기 시작한다. 회사에서 출발한지 얼마 되지도 않았건만 괜히 회사에 전화를 건다. 별일 없는지(당연히 별일 없고 별일 일어날 시간도 없었다), 무슨 일 있으면 바로 연락하거나 메시지 남기라는 부질없는 당부를 한다.

비행기가 굉음을 울리면서 힘차게 날아오르면 괜스런 상념에 빠져들기 시작한다. 회사 일도 바쁘고 다른 사람을 보내도 되는데 굳이 내가 가는 건 아닌지, 일정을 다음으로 미룰 걸 그랬나하는 가벼운 후회 등이 그것이다. 그러다 얼마 지나지 않아 이미 어쩔 수 없으니 최대한 성과를 내고 오자는 쪽으로 급선회 한다.

이런 상념을 여지없이 깨뜨리는 건 바로 기내방송이다. 비행기가 안정궤도에 오름과 동시에 내 마음도 비로소 평안을 찾는다. 그러면 날짜가 바뀌고 시간이 달라지는 긴 비행시간 동안 읽으리라 다짐한 두터운 교양서적이나 보고자료를 뒤적거리며 읽는다. 기내서비스가 시작되고 음료를 마시다 보면 여유없이 사는 자신이 불쌍한 생각이 들면서 책이나 보고서를 덮는다. 잠시 음악을 듣거나 경제 잡지를 뒤적인다. 그것도 잠시. 다시 업무보고서를 들고 있다.

현지 호텔에 도착해 짐을 풀고 손이라도 씻으려고 세면대를 보니, 회사 브랜드와 함께 1748이라는 숫자가 새겨져 있다. 창업보다 수성이 어렵다고들 하는데 '정말 부럽다'는 생각과 더불어 우리 회사의 미래도 그려본다. 낮 시간 동안 거래처와 일을 보고 저녁 무렵 호텔에 되돌아오면 당연한 듯 노트북을 펼치고 이메일을 확인하고 기안결제를 살핀다. 그러다 한국의 근무시간에 맞춰 회사에 다시 한번 전화를 건다. 행여 찾는 임원이나 간부가 없으면 "거봐 거봐, 내가 없으면 이렇다니까" 하는 불안증세를 보인다. 나만 이런 걸까?

출장을 마치고 귀국길에는 인천공항이 가까워짐과 반비례해서 회사 일에 대한 걱정이 커진다. 그러나 문득 '공장장이 없으면 공장 생산라인이 더 빨리 돌아간다'는 우스갯소리를 떠올리며 나도 모르게 피식 웃다 보면 어느새 공항에 도착한다.

그래 훌훌 털고 단절의 세계를 맛보는 것이 여행이요, 출장이 아닌가? 잔소리 다하고, 간섭 빼놓지 않고, 수시로 체크하고, 항상 긴장의 끈을 놓지 않는 것만이 능사는 아니다. 믿음을 가지자! 자신과 직원과 조직에 대해.

2014.03.31

감사들
하십니까?

　　새롭게 시작하고픈데 뒤를 돌아보니 마무리가 그리 깔끔하지 않습니다. 지금 우리 사회는 노사 간, 정당 간, 계층 간, 세대 간 갈등으로 몸살을 앓고 있습니다. 물론 저는 그리 크게 걱정하지 않습니다. 어차피 시간이 필요한 문제니까요. '무관심하다' 거나 '경영자라는 사람이 너무 느긋한 것 아니냐'는 지적을 받을 순 있겠지요.

　　그렇다고 '서둘러 빨리 해결하자'고는 못하겠습니다. 이 모든 갈등의 원인이 바로 그 '빨리빨리'에 있다고 보기 때문입니다. 우리는 앞선 나라들이 수 세기에 걸쳐 이룩한 민주적 제도와 문화적 발전 과정을 따라 잡으려 쉼 없이 달려왔습니다. 경제성장은 말할 것도 없지요. 어쩔 수 없이 걷기보단 달렸습니다. 힘들어도 참아야 했고, 결과 앞에 과정은 때로 중요하지 않은 걸로 치부됐습니다. 그러는 사이 '빨리빨리'는 한국인의 DNA에 각인됐습니다.

회의나 대화를 할 때 상대방의 이야기가 채 끝나기도 전에 "됐어"하며 다 들은냥하고, 조금 세세한 이야기라도 할라치면 "굳이 그런 이야기를 해야 하나? 알아서 해야지"하는 면박이 돌아옵니다. 거두절미를 즐기는 희한한 대화의 방식이 사람들 사이에 쌓이고 쌓였습니다. 그러니 한쪽에서는 불통을 이야기하고, 또 다른 한쪽에서는 억울하다 합니다.

이청득심(以聽得心). 귀 기울여 남의 말을 듣는 것이야 말로 사람의 마음을 얻는 최고의 지혜가 아닐까요? 경청은 배려의 출발점입니다. 저는 조금 천천히 상대방의 말에 귀를 기울이는 것만으로도 갈등 중 상당수는 해결될 것이라 믿습니다. 그러려면 새해에 잘 어울리는 글 하나를 곱씹어보는 것도 좋겠습니다.

섣달 그믐날 일본 북해도의 한 우동집에 두 아이의 손을 잡은 엄마가 들어섭니다. 남루한 차림의 아이 엄마는 걱정스러운 표정으로 이렇게 말합니다. "저, 우동을 1인분만 주문해도 괜찮을까요?" 머뭇거리는 그에게 안주인은 "네, 그럼요"라고 답하고는 주방에 있는 남편에게 "불쌍해 보이니 서비스로 3인분을 내주자"고 제안합니다.

하지만 남편은 "오히려 불편하게 여길 거요"라고 답하고는 티가 나지 않게 1.5인분의 우동을 내옵니다. 수년 전 우리의 심금을 울렸던 구리 료헤이 소설 『우동 한 그릇』의 한 장면입니다. 그렇게 매년 섣달 그믐에 나타나 우동을 먹던 엄마와 두 아들은 수 년이 지나 다시 우동집을 찾아 "우동 한 그릇 때문에 어려운 시기를 잘 넘길 수 있었다"며 감사의 인사를 전합니다.

　겉으로 드러나진 않지만 마음까지 훈훈해지는, 받는 사람에게 부담을 주지 않으면서도 진심을 전달하는 그런 배려가 필요한 때입니다. 잘 듣고, 배려하면 감사하게 됩니다. 바라지 말고 내 자신이 먼저 시작해보는 건 어떨까요?
　'감사합니다. 2014'.

2014.01.06.

'히든싱어'
묘미는
공정경쟁

　히든(hidden)이란 게 무엇인가? 숨겨진·비밀의·신비한···.
아무튼 확실히 드러나지 않게 희미하고 불명료한 존재를 말하는
표현 아닌가? 그런 것이 어찌 만천하에 드러내 놓고 으시대는 것
인가? 정부와 산업계에서는 히든챔피언이, 방송가에서는 히든싱
어가, 인생살이에서는 히든카드가 세간을 휩쓸고 있다. 너도나도
'히든'을 외치는 바람에 그야말로 히든 아닌 히든이 됐다.

　먼저, 요즘 수 년 간 우리나라 산업계의 화두로 떠오른 히든챔
피언을 보자. 독일의 헤르만 지몬이 말한 히든챔피언은 전 세계
시장을 지배하고, 눈에 띄게 규모가 성장하고, 생존능력이 탁월하
며, 진정한 의미에서 글로벌 기업과 경쟁하고 성공을 거둔 기업이
다. 특히 그가 히든챔피언이라고 굳이 '히든'을 강조한 건 대중에
게 잘 알려져 있지 않은 제품을 전문적으로 생산하고, 역시 대중

에게 잘 알려져 있지 않은 기업이라는 특징 때문이다.

　그런데 우리나라에서는 이것이 왜곡·변질돼 하나의 스타 기업화 된 건 아닌지 우려된다. 기업하는 사람 입장에서 우리 회사가 '히든챔피언'이 아니면 존재감조차 상실해 마치 인기 없는 무명 연예인마냥 외면 받는 느낌을 강하게 받는다. 더구나 최근 우리나라의 히든챔피언은 국가기관이나 관련 단체가 어떤 틀이나 기준을 정해놓고 선정하다보니 발굴한다기보다 거기에 맞추기 위해 성형하는 모습을 보이는 건 아닐까? 마치 진정한 자연미인이 아니라 성형미인만 늘어나는 형국처럼 말이다.

　그런 측면에서 히든의 대표주자는 아무래도 히든챔피언보다는 '히든싱어'인 듯하다. 포털에서 '히든'을 한번 검색해보라. 모두 히든싱어로 도배돼 있다. 무엇이 대중을 이토록 열광하게 만들었을까? 무엇보다 히든싱어식 선정방식이 아닐까 싶다.

　히든싱어는 마치 대입 실기고사에서 이름과 수험번호를 감추고 심사하듯이, 커튼 뒤의 가창력으로만 평가한다. 단순하면서도 공정한 게 시청자들의 가슴에 와 닿는 것 같다. 우리 기업도 계열사 또는 친분이 있는 CEO의 제품이 아니라 오로지 제품 자체의 경쟁력만으로 평가한다면 얼마나 좋을까?

　히든싱어의 또 다른 묘미는 가짜가 진짜를 이길 수도 있다는 그야말로 어이없는 상황 연출이 가능하다는 점 아닐까? 진짜는 진짜다워야 하고, 진짜를 유지하기 위해 부단한 노력을 해야 된다. 히든싱어는 힘들게 공부해 들어간 대학에서 펑펑 놀다가 세월을 보내고 후회하거나 히든챔피언으로 선정된 후 분발하지 않아 내리막을 걷는 걸 경계해야 한다는 교훈을 준다.

　이제 필자도 '히든카드'를 하나 내밀어야 할 것 같다. 개인적으로는 용어 사용에서 '히든'이라는 말보다는 순수 우리말 '숨은'이 더욱 정겹다고 본다. 히든이 주는 용어의 느낌이 뒤에 무언가 정당치 못한 것을 감추고자 하는 뉘앙스가 풍기기 때문이다. 우리 경제에 숨은 성장동력이 살아넘치고, 우리 사회에 숨은 감동이 물결치고, 우리 회사에 숨은 일꾼이 묵묵히 소임을 다하면 좋겠다.

2013.12.02

자전거
예찬

추석 연휴에 자전거를 타고 한강변을 달렸다. 거의 반세기를 서울에 살면서도 "내가 몰라도 너무 몰랐구나" 하는 탄식이 나올 정도로 유익한 여정이었다. 평소 출퇴근길에 규정 속도 80㎞가 너무 느리다고 불평하면서 쌩쌩 달린 서부간선도로와 올림픽대로의 바로 옆과 밑에 자전거도로가 쭉 뻗어 있다.

자전거는 인류가 만든 최고 발명품 중 하나다. 영국 인디펜던트지는 세계를 바꾼 101가지 발명품 중 8위로 자전거를 선정했다. 자전거는 가장 계급차별이 없는 이동수단이자 자동차의 원조이기 때문이라고 한다.

물론 최근 람보르기니·포르쉐 같은 고급 수입차 업체에서 한정판으로 제작한 자전거가 비싼 가격에 팔린다. 그러나 자전거는 기본적으로 평등한 도구다. 화석연료를 사용하지 않고 인간의 운동

에너지만으로 움직이는 동력원리가 그렇다.

　미국의 라이트 형제가 오하이오주에서 작은 자전거 수리점을 운영했다는 사실을 아시는가? 자전거를 이용해 최초의 풍동실험(터널 내 공기저항 실험)을 했고, 자전거 수리도구를 이용해 비행기를 만들었다. 당시 자전거는 첨단을 달리는 공산품이었다. 그 후 자전거의 기술력이 자동차 제조에 적용되고, 전국 단위의 자전거 수리점은 자동차 정비소와 주유소 등으로 바뀌었다.
　자전거 도로는 자동차 도로나 고속도로로 진화했다. 자전거가 자동차에 자리를 내줬지만 간편한 이동수단이자 운동도구로서 기능은 여전하다. 얼마 전 걷기, 자전거 타기, 달리기의 운동 효율을 비교한 해외 뉴스를 접했다. 예상대로 자전거 타기는 달리기보다는 적지만 걷는 것보다는 많은 칼로리를 소모하는 것으로 조사됐다. 자전거 타기는 무릎과 관절에 부담을 적게 주기 때문에 관절염이나 근육통 같은 우려도 상대적으로 적다.
　미국의 부시 전 대통령은 원래 달리기 광이었지만 무릎 관절 보호를 위해 의사의 권유로 자전거를 탔다. 카우보이 목장주 답게 산악자전거를 타는 모습이 자주 언론에 등장했다. 프랑스의 사르코지 대통령 역시 산악자전거 애호가이며, 영국의 데이비드 카메런 총리도 자전거로 국회에 등원하는 의원으로 유명했다.

　자전거가 이 땅에 들어온 지 벌써 120여년이 지났다. 자전거 이용 활성화를 위한 법률과 제도가 정비된 지도 20여년이 되어간다. 많은 자전거 도로가 만들어지고, 자전거 이용이 용이해져서 주말에는 지하철 등을 이용한 자전거 이동도 가능해졌다. 그야말로 이동 거리의 현저한 연장을 가져온 것이다. 이른바 '자출족(자전거로 출퇴근하는 사람)'이란 용어가 이제 낯설지 않고 이들을 위한 의류·용품시장도 달아오르고 있다.

자전거를 타는 사람들이야말로 현대의 엘리트족이자 환경보호와 지구사랑을 몸으로 실천하는 이들이다. "자전거를 사라. 살아 있다면 후회하지 않을 것이다"라는 마크트웨인의 말을 약간 비틀어보자. "자전거를 타라. 살아있다면 평생 후회하지 않을 것이다." 그건 그렇고 자전거 타기를 기업 경영에 비유하는 경영자가 적지 않은데 왜 자전거 타는 경영자는 그리 많지 않을까?

2013.10.07

나,
국민은
많이 피곤하다

　　어릴 적 부모님으로부터 자주 들은 말이 있다. "세상은 독해야 산다." 주로 아버지가 약주 한 잔 드시고 귀가해서 우리 형제를 앞에 불러 모아놓고 한 말씀이다. 그럴 적마다 어머니는 조용히 나를 불러서는 "아버지가 뭐라 그러시든 그저 착하게 이 세상을 살아야한다"고 다독여 주셨다. 부지불식간에 내 마음의 사전에는 '독하다'의 반대말은 '착하다'로 각인된 것 같다.

　　나이가 들면서 간혹 그 시절을 회상해보면 아버지가 그런 말씀을 하신 것은 당신이 독하지 못해 인생에 실패했다고 여긴 자조 섞인 비애감 때문은 아닌가 싶다. 그런데 문득 요즘 세상 돌아가는 것을 보면 어릴 적 아버지가 한 말씀이 새삼 가슴 속으로 파고들면서 새롭게 해석되곤한다. 왜일까?

　　세상이 정말 독하게 변해 가기라도 하는 걸까. 날씨는 독해진 것이 분명해 보인다. 환경재앙 탓인지는 몰라도 한곳에서는 사상 유례없는 폭염에 사람과 동식물이 타들어가고, 다른 한 편에서는 폭설과 폭우로 몸살을 앓고 있으니 말이다.

기업환경 역시 더욱 독해진 것 같다. 경제민주화와 창조경제 구호 하에서 기존의 안이한 경영관리 체제로는 기업의 안위를 보장 받을 수 없다. 출렁대는 글로벌 경제상황속에서 한순간의 잘못된 판단과 정책적 실수가 기업을 치명적인 위기에 빠뜨릴 수 있음은 최근의 뉴스만 보아도 분명한 것 같다. 기업의 규모와 상관없이 이뤄지는 살벌한 현실에서 경영자는 경영자대로, 근로자는 근로 자대로 서로 독해질 수밖에 없다. 주가 조작과 가격 담합, 도덕적 불감증, 경영자의 전횡, 이에 따르는 소비자 고발과 세금 부과, 인 신 구속이라는 용어는 이제 그리 낯설지 않다. 국민 역시 정말 독 해져 간다. 어떤 정치·사회적 이슈건 등장하는 구호는 '결사항전' 이거나 '절대사수'다. '물러나라' '원천무효'처럼 타협과 조정이 발붙일 틈이 없는 거친 말이 거리를 채운다.

그런데 마음 한편으로는 그리 큰 걱정이 되지 않는다. 일종의 사회적 믿음 때문이다. 우리사회가 그간 수많은 정치·경제적 역 경을 거치면서 그만큼 단단해지고 건강해진 결과가 아닐까. 단군 이래의 위기상황이라던 1997년 혹독한 외환위기와 2008년 글로 벌 금융위기를 중년의 나이에 극복한 세대여서인지 몰라도 왠지 모르게 해병대 극기훈련을 갓 수료한 기분이 든다고나 할까.

원래 갈등이란 것이 수많은 문제를 내포하고있지만 알고 보면 그 속에는 더 많은 해결책과 발전이 있다고 나는 믿는다. 정치가와 국민 사이, 경영자와 근로자 사이는 물론 투자와 투기 사이, 사랑과 우정 사이에서 '사이'라는 말 자체가 틈새를 내재하고 있고 틈새는 곧 타협의 여지라고 확신하기 때문이다. 여하튼 독해진 환경 속에서 살아가는 국민을 대신해 카타르시스를 제공하는 JTBC 인기 프로그램 '썰전'의 부제 '독한 혀들의 전쟁'처럼 독설가 스타일로 한마디 하고 싶다.

　"국민학교를 초등학교로 바꾸었다고 혹시 국민을 초등학생으로 보는 것은 아니겠지? 나, 국민은 많이 피곤하다."

2013.08.26

경영자의
얼굴 사진

얼굴이라는 제목을 보고 '동그라미 그리려다 무심코 그린 얼굴'이라는 가사를 먼저 떠올렸다면 당신의 감성은 아직 '살아~ 있네'라고 말할 수 있지 않을까. 뜬금없이 웬 얼굴 이야기냐고? 얼마 전 지인들과 회사 근처에서 저녁을 먹다가 뉴스에 나온 모 재벌 회장의 얼굴을 보고 다들 깜짝 놀랐다. 평소 언론 매체에서 본 얼굴과 뉴스에서 나온 얼굴이 전혀 다른 사람이라고 느껴질 정도로 확연히 달랐다. 그런 사진만 제공한 쪽의 책임도 있지만 케케묵은 얼굴 사진을 의례적으로 쓴 언론 매체의 책임도 적지 않다고 생각한다.

지금이 어떤 시대인가? 그야말로 '얼굴'에 목숨을 걸지 않나? 극심한 취업난을 뚫기 위해, 마음에 맞는 짝을 찾기 위해서, 젊어 보이기 위해, 스스로 만족을 얻기 위해 등등 수백 가지도 넘는 이유로 얼굴을 관리하고 얼굴에 투자한다. 그러다 보니 스마트폰에 내장된 카메라로 셀프 사진을 찍을 때 '얼굴 작아지게 찍는 법'은 상식에 속한다. '얼굴살 빼는 법'이나 '얼굴 축소 마사지'도 등장했다. 한 발 더 나아가 '얼굴 성형'은 세계 최고 수준의 경지에 이른다고 하지 않는가?

최근에는 가수와 모창자가 커튼 뒤에서 노래를 부르고 청중은 목소리만으로 진짜 가수를 가리는 JTBC 예능 프로그램이 큰 인기를 끌었다. 가짜가 더 진짜 같은 묘한 현상에 눈과 귀를 모은다. 그런데 막상 커튼이 걷히고 모창자의 얼굴이 등장하면 왜 그리도 실망스러운지 모른다. 얼굴과 목소리가 조화롭지 않아서일까? 아마 원래 가수보다 용모가 덜 멋있기 때문 아닐까.

이렇듯 온 국민이 얼굴에 집착하는 현실에서 왜 어떤 사람들은, 특히 최고경영자·학자·법조인들은 과거의 묵은 사진을 애용하고, 현재의 얼굴로 '업그레이드' 하지 않는 걸까? 현재의 자기 얼굴에 자신이 없어서? 과거가 그리워서? 아니면 '얼굴 팔리기' 싫어서? 이유는 정확히 알길 없지만, 필자 역시 경영자로서 한 가지 변명을 하자면 '굳이 나서고 싶지 않아서'일 것이다. 본연의 일만 묵묵히 하면 되는데, 괜스레 여기저기 얼굴을 내밀어 좋을 게 없다는 인식 때문이다. 행여 '좋은 얼굴'이 아닌 '볼썽사나운 낯짝'이 되는 불상사를 미연에 방지하기 위한 자기 처신의 일환일 수도 있다.

그렇지만 나이 마흔이면 자기 얼굴에 책임을 져야 한다고 하듯이 '꽃중년'을 꿈꾸고 '최강 동안'을 자랑하는 시대에 변하는 자기 얼굴이 두렵다면 그것 또한 자랑할 만한 일은 아닐 것이다. '성공한 경영자, 존경 받는 리더의 얼굴에는 강인함과 소박함과 투명함이 묻어난다'고 하지 않는가. 자고로 얼굴을 맞대는 사이가 가장 친근한 사이이고, 얼굴로 말하는 게 가장 진실된 이야기이고, 얼굴 마담이 가장 잘생기고 멋진 사람인 법이다.

그런데도 얼굴 없는 경영자로 살아야 하겠는가? 하물며 그 회사를 알리면 경영자의 얼굴을 보라고 하지 않는가. 페이스북이 세계 최대의 소셜네트워크 서비스(SNS)지만 알고 보면 원뜻은 그저 '얼굴 사진첩'이지 않은가. 이제부터라도 페이스북만 하지 말고 '페이스 오픈'도 합시다. 에구, 나도 대외용 사진을 최근 얼굴로 바꿔야겠다.

2013.07.15

'달콤한 방'
주세요?

#1.

알다시피 호텔에는 여러 가지 등급과 이름의 방이 있다. 그 중 가장 비싸고 시설이 좋은 방이 바로 '스위트 룸'이다. 특히 일생에 한 번뿐인 신혼여행의 추억을 영원히 간직하려고 돈을 좀 들여서라도 스위트룸을 빌리는 사람이 더러 있다. 그야말로 꿀 맛 같은 허니문을 보내라는 의미로 이름도 '스위트(sweet)룸'이지 않은가.

착각은 여기까지. 사실 이 방의 진짜 이름은 영어 'suit(한 벌로 된 정장)'에서 이름을 따서 붙인 'suite room'이다. 발음이 수트룸이 아니라 '스위트룸'이기 때문에 아마도 '달콤한 방' 같은 혼동이 일어나지 않았을까 싶다. 그러나 뜻밖에 이런 생각을 가진 사람이 많다. 사람은 자기가 보거나 경험한 범위에서 해석하고 이해하게 마련이다. 때론 착각이 들 때가 있는 게 인생의 본질이 아닐까.

회사 경영에서도 마찬가지다. 어려운 국내외 경제 환경 속에서도 우리 회사만 유독 잘 나가는 것 같으면, 괜히 어깨에 힘이 들어가면서 무리수를 두려는 유혹에 빠지기 쉽다. 한마디로 '상대방이 우습게 보이는 현상'이 발생하는 것이다. 모든 건 '내가 잘해서'이고, '내가 잘나서'로 귀결된다. 때맞춰 주변에서 '용비어천가' 같은 '찬사'가 줄을 이으면 그런 착각은 극에 달한다. 물론 그때부터 비극이 시작된다. 경영은 혼자가 아닌 팀 플레이라는 걸 잘 알면서도 그런 착각과 유혹에 빠지기 쉽다. 기업도 생로병사의 길을 걷고, 오르막이 있으면 내리막도 있는 법인데 말이다. 더운 날씨에 몸은 웃더라도 마음은 항상 긴장하고, 경계하는 게 경영자의 자세임을 잊지 않아야겠다.

#2.

개인적으로 동양화를 사랑한다. 그중에서도 수묵화, 특히 난을 그린 작품을 좋아한다. 반듯하고 청초하게 자란 줄기 중 살짝 꺾인 한 줄기의 난을 더욱 사랑한다. 그것은 어느 문인의 표현처럼 여유와 낭만과 일탈의 꿈을 보여준다. 그러나 솔직히 말하자면 나는 해바라기를 더 좋아한다. 어려서는 노랗고 커다란 동그라미가 마치 스마일 뱃지 같은 미소를 주는 것 같아서 좋았고, 나이 들어서는 '선택과 집중'이라는 단어가 자연스레 떠올라 좋았다.

그런데 경영자가 되기 전까지 공적인 자리에서나 사석에서도

'내가 좋아하는 꽃'이라고 드러내놓고 이야기하지 못했다. 해바라기가 마치 '간신'과 같은 반열에 놓여진 것 같은 묘한 사회적 분위기 때문 아니었을까 싶다. '해바라기 정치인'이니, '해바라기 사원'이니 하는 표현이 그렇지않은가. 최고 권력자를 향한 무조건적 복종이나 권력 지향적 행태를 나무라거나 비하하는 뜻으로 쓰이기 때문에 어린 마음에 좋아하는 내색을 하지 못했다.

사실 태양은 항상 그 자리에서 강렬한 열정과 에너지를 보낸다. 하려는 의지와 간절한 바람과 희망의 몸짓이 태양을 향해 손을 벌리고 에너지를 흡수한다. 정부는 움직임 없는 태양이 돼야 하고, 흔들림 없는 태산이 돼야 한다.

큰 틀에서 정책 방향을 제시하고 자활 의지와 자립 능력을 갖추도록 지원해야 한다. 해바라기 같은 '선택과 집중'의 원칙을 임기 내내 철저히 밀고 나가는 것이 정말 필요하다고 생각한다. 씨익 웃으면서 던지는 류현진의 돌직구처럼 묵직한 스트라이크를 기대한다.

2013.06.17

감정 노동자와
감성 경영자

　　얼마 전 일어난 '항공기 승무원 폭행 사건'으로 감정 노동자의 고충과 애환이 국민적 관심사로 떠올랐다. 학술적으로 '감정 노동자'란 자신의 솔직한 감정과 표현을 억제하면서 고객을 대해야 하는 근로자를 지칭한다. 이번 사건의 항공기 승무원은 물론 전화상담원·여행가이드 등의 역할과 업무가 까다로운 고객과 직접 대면하는 것이라 갈등을 빚을 위험에 노출돼 있다.

　　기업에서는 감정 노동자가 고객과 갈등을 빚을 때를 대비해 관련 조직과 인력을 운용한다. 일반적으로 고객만족 팀장 또는 상담실장이란 자리다. 일종의 전문 태스크포스 또는 폭발물 처리반 같은 역할이라고나 할까.

　　이번 사건만 봐도 그렇다. 기업의 감정 노동자가 통상 만나는 '진상 고객'은 필자의 경험상 일정한 패턴이 있다. 큰소리부터 치고, 무턱대고 사장이나 책임자를 데려오라고 한다. "내가 누군지 알아"라고 거만을 떨면서 엄청난 권력자의 후광을 받는 듯 과시한다.

법률 전문가 수준의 고소·고발 이야기를 입에 담는다. 나중에는 "절대 돈 때문에 이런 게 아니다"라고 강조한다. 결국 본인의 생떼가 드러날즈음 되면 "그런 뜻이 아니었다"고 발뺌한다. 그렇다고 이런 일을 당한 사업자가 다 잘했다고, 아니 잘못이 없다고 단정할 수는 없다.

한국직업능력개발원이 최근 203개 직업 종사자를 상대로 조사 발표한 직종별 감정 노동 실태에 따르면 직종별 스트레스 강도를 가늠할 수 있다. 항공기 객실승무원, 홍보 도우미, 휴대전화 판매원, 장례 지도사, 아나운서 그리고 음식서비스 관리자 순이었다. 그러나 사실 기업의 전문경영자야말로 가장 스트레스를 많이 받는 감정 노동자가 아닐까? 노동자라는 용어가 귀에 거슬리면 '감정 경영자'라고 해두자.

아무튼 경영자는 속으로 곪아터져도 행여 표정이 노출될까 잘된다는 시그널을 보내야 한다. 회사 내부적으로도 직원들의 사기를 고려해 항상 웃는 모습을 보여야 한다. 정신과 전문의 양창순 박사의 『CEO, 마음을 읽다』에 보면 CEO의 70%가 분노·경쟁심·불안감·우울증 탓에 힘들어 했다.

이와 비슷한 이야기를 일본의 경영학자 고야마 노보루는 그의 저서 『경영은 전쟁이다』에서 경영자가 직원을 꾸짖다 보면 자신도 모르게 감정에 휘둘린다고 했다. 그래서 사람을 질책하지 말고 일이나 업무를 질책하라고 말한다. 그런데 그게 어디 쉬운 일인가.

이처럼 상황을 이성적으로 판단하는 게 아니라 단순히 오래 전의 기억이 남긴 감정에 따라 판단하는 심리적 경향을 '감정 애착'이라고 한다. 일상생활에서 단순한 개인의 감정 애착은 그야말로 작은 해프닝에 불과하지만, 경영자의 감정 애착은 회사를 뒤흔들 수도 있는 문제다.

감정은 양날의 검과 같다. 어떻게 사용하느냐에 따라 득 또는 실이 된다. 감정을 가벼이 폭발시키지 않고 참고 견디는 것이야말로 경영자의 덕목 중에 최고라 할 수 있다. 체면상 "경영자가 가장 큰 스트레스를 받는 사람"이라고 주장하고 싶지는 않다. 차라리 '감성 경영자'로 살아가는 지혜를 배워야겠다.

2013.05.13

'수퍼 주총 데이'의
하루

가끔 외신에 나오는 워런 버핏의 버크셔 해서웨이 주주총
회는 경영자들의 로망이다. 세계 주요 기업 CEO를 비롯한 3만
5000여명이 참석해 비즈니스 정보를 나누고 친분을 쌓는 축제의
장이기 때문이다.

대다수 기업의 주총 현실은 다르다. 한국거래소에 따르면 3월
22일에 주주총회를 개최한 회사는 국내 주요 그룹계열사를 포함
해 총 689개사였다. 이른바 '수퍼 주총 데이'다. 12월 결산 상장법
인 중 약 40%에 해당하는 숫자다. 이사갈 때 따지는 재수 없는 날
도 아니고 길일도 아닌데 왜 이날 주주총회가 몰릴까? 두 눈 부릅
뜬 주주들이 두렵고 거북하기 때문이리라.

대표이사로 경험하는 주주총회는 그 전보다 훨씬 짜릿하면서
다이나믹한 한편의 리얼 다큐 같다. 주총의 전초전은 탐색전이다.

개최 전에 얼마나 많은 외부 주주가 참석했는지, 단골로 나와 경영진을 괴롭히는 주주는 얼마나 왔는지, 전체 분위기는 어떤지를 미리 보고 받고 시작한다. 물론 출석 주주 수를 점검하는 건 합법적 의사결정을 위한 의결권 정족수 확보에 필요한 수순이다.

다음으론 여러 장부와 준비물을 점검한다. 여기서 무엇보다 중요한 소품이 바로 방망이다. 어찌 보면 주주총회는 방망이를 두드리기 위해 여는 행사라고 말할 수도 있다. 안건이 통과됨을 선언하며 두드리는 그 방망이가 보통 방망이던가? 국회가 열리면 가끔씩 그 방망이를 차지하기 위해 얼마나 치열한 공방전이 벌어지는가?

뭐니 뭐니 해도 주주총회의 하이라이트는 상정된 안건을 통과시키는 과정이다. 대다수 기업은 일정한 순서와 룰을 갖고 있다. 먼저 지난 한 해의 경영 성과에 관한 것으로 재무제표·이익잉여금처분계산서·현금흐름표에 대한 승인 건이다. 몇 가지 굵직한 이슈를 설명하고 지난 해 이익을 발표할 때쯤이면 잠깐이나마 우쭐해진다. 특히 배당을 조금 두둑이 드릴 때면 박수라도 받길 기대한다.

그러나 행여 지난해 적자가 났다면 이야기가 180도 달라진다. 정말 도둑이 제발 저리는 심정으로 목소리가 점점 작아진다. 어디선가 환청도 들려온다. "그 따위로 경영할 거면 나도 하겠다. 자신 없으면 물러나라." 몇 분 지나지 않았는데 두어 시간 서 있는 것 같다. 간신히 동의를 얻어 방망이질을 하면 십 년 묵은 체증이 쑥 내려가는 느낌이다.

다음 안건인 이사선임으로 넘어가면 사막의 태양 아래 있는 것처럼 얼굴이 화끈거린다. 구석에 있는 어느 주주가 "웬만하면 그만 하시지" 라고 빈정거릴까 두려워서다. 허겁지겁 동의를 구하고 두 번째 가결을 알리는 방망이질을 할 때는 스포츠카 몰듯 잽싸게 해치운다.

다음 안건인 임원 보수 한도 승인 건을 상정하면 "어이 자네 봉급값 했는가?" 하는 촌로 주주의 음성이 들려오는 듯 하다. 그런 가운데 마지막 안건을 상정할 때쯤이면 괜스레 나도 모르게 목소리가 들떠 하이톤으로 변한다. 최종안이 통과됐다는 방망이를 두드릴 때는 어릴 적 동네 아주머니가 가볍고 신나게 두드린 빨래방망이처럼 상쾌·경쾌·통쾌한 소리가 난다.

필자도 얼마 전 수퍼 주총 데이를 무사히 마쳤다. 주주총회를 마치고 나올 때 어느 주주가 내 어깨를 가볍게 치며 "방망이를 왜 그리 빨리 두드리느냐?"고 농을 건넸다. 왜 그리도 무안하고 창피했는지 모른다. 그래도 다짐해본다. 내년에는 모두 신나고 행복한 주주총회를 해야겠다고.

2013.04.08

돋보기 들이대면
피부미녀 없다

지난 연말부터 2월까지 큰 화제를 모은 건 새 정부의 인사일 것이다. 언뜻 생각하기론 새로운 정권의 최대 과제가 마치 '인물 찾기'라는 착각이 들 정도로 새로운 인물의 하마평이 연일 요란하게 나온다. 유감스러운 건 능력보단 흠이 없는 사람을 찾는데 몰두하는 같다는 것이다. 대쪽 같은 삶을 산 사람은 거기에 합당한 역할과 임무가 있을 것이다. 소나무 같은 삶을 산 사람도 역시 나름대로 적합한 자리가 있을 듯하다. 사람에 대한 평가에 대해 생각나는 지난 날의 두 가지 경험이 불현듯 떠오른다.

#1.
회사 옆에 김치찌개를 잘하는 조그만 음식점이 하나있다. 어느 날 직원들과 점심을 먹으러 갔다. 기존에 있던 조그만 텔레비전은 어딜 가고 커다란 벽걸이TV가 눈에 들어왔다. 마침 평소 즐겨보는 드라마 재방송이 나왔다. 그런데 이럴 수가! 그토록 예쁘던 여자 주인공의 얼굴이 영 다른 사람처럼 보이는 게 아닌가. 왜 그럴까 하면서 자세히 살펴보니 새로 나온 고화질 TV의 화면이 너무 선명해 얼굴에 난 잔털과 피부 트러블까지 훤히 보였다.

냉면을 먹으면서 현미경을 들이댄다면 국물에 병원균만 보일지 모른다. 진정한 맛은 느끼지 못할 것이다. 현미경도 아니고 그렇다고 망원경도 아닌 평범한 인간의 눈으로 세상을 바라보는 게 중요하지 않을까? 어린 시절 흐릿한 흑백 텔레비전으로 본 주말의 명화와 드라마를 지금도 또렷이 기억하지 않는가?

#2.

지난 여름 직원들과 바다낚시를 갔다. 이른 새벽에 출발해 아침해가 떠오르기 직전 서해안 어촌마을에 도착했다. 숨 쉴 틈 없이 갯바위에 자리를 잡고 싱싱한 자연산 회를 먹을 기대에 힘차게 낚시대를 드리웠다. 그러나 해가 중천에 떴는데도 물고기 그림자도 보이지 않았다. 그때 일행 중 한 명이 바다 가운데 자리잡은 가두리 양식장을 가리키며 거기를 빌려 낚시를 하자고 했다. 못 이기는 척하고 따라 나서니 낚시배 빌려주는 점포에서 가두리 양식장까지 태워줬다. '멀리 왔는데 기껏 양식 회나 먹긴 좀 억울한데'라고 생각할 즈음 가만히 살펴보니 가두리 양식장 바깥 편에 낚시할 수 있는 좌판이 보였다. 양식장에 갇힌 고기를 잡는 게 아니라 양식장 바깥에 몰려든 고기를 잡는 거였다.

아무튼 그곳에서 제법 손맛을 볼 정도로 고기가 많이 잡혀 그 중 몇 마리를 회 떠서 먹었다. 그때 누가 넌지시 물었다. "이게 자연산입니까? 양식입니까?" 뭐라고 할까 고민하던 사이 누군가 말했다. "정답은 국내산입니다."

우리가 미국이나 유럽처럼 지도자가 되기 위해 어릴 적 부터 엄격한 과정 속에 살았다면 현재의 판단 기준도 당연히 그래야 된다. 그러나 지금 정치 일선에 있는, 그리고 나서고자 하는 수많은 사람은 아쉽게도 그런 환경에서 살지 않았다. '이런들 어떠하리 저런들 어떠하리' 식으로 얼버무리려는 건 아니다. 국민을 분노하게 만드는 그들을 두둔할 생각도 없다. 다만 그런 시대를 함께 살아온 사람으로서 약간은 억울하고 그래서 항변하고 싶은 것인지도 모른다.

이런 분위기라면 진짜 인재가 나서지 않을지 모른다는 생각이 들어서다. 인사 평가의 기준은 반드시 그 사람이 살아온 시대상황과 현실을 감안할 필요가 있다. 현미경도 아닌 그렇다고 망원경도 아닌 약간은 어설픈 시각을 가진 평범한 우리의 눈으로 그들을 바라보고, 자연산과 양식의 애매함을 넘어선 국내산의 포용력으로 감싸줄 수도 있지 않을까. 어떤 경우라도 뽑기가 볶기가 돼선 곤란하다.

2013.03.04

다시
뜨거워 지자

　　새해의 태양이 솟아올랐다. 지난해의 어수선함과 어려움과 아쉬움을 녹여내고 오늘의 희망과 염원과 설레임을 담고 가슴 벅찬 열기를 뿜어내고 있다. 우리도 태양처럼 다시 뜨거워져야 한다. 그래야 예전과 질적·양적으로 전혀 다른 양상을 보일 것이라는 저성장과 불황의 시대를 대비할 수 있다. 그러려면 새로운 각오가 필요하다. 가슴 속에 '올해의 사자성어' 미리 새기고 출발하면 어떨까.

　　경영자가 가슴에 품어야 할 사자성어는 '솔선수범'이다. 새해에는 자율신경, 자율경영을 회복하는 게 무엇보다 시급하다. 왜 회사 정책을 결정하면서 '북악산'을 바라보는가? 초청 받아 모여서 밥 먹고 눈치 보며 투자계획·고용정책을 발표하게 하지 말고 자율적·자발적으로 국가를 위해 나서야 한다. 경제민주화로 집약되는 균

형성장, 안정과 분배, 시장 지배력과 경제력 남용 등에 대해 최일선에서 기업을 경영하는 경영자들이 뼈를 깎는 반성문부터 써야 한다.

계열사에 일감을 몰아주는 얌체행위, 골목상권까지 진출하는 저인망식 접근으로 시장을 싹쓸이하는 몰염치 행위에 대한 자율적 규제는 대기업 경영자가 해야 할 일이다. 품질과 가격 경쟁력도 없고, 새로운 제품 개발 의욕이나 개선 의지도 없으면서 무조건 자기 물건을 사달라고 떼쓰기만 능한 막가파식 행위, 세계 무대에서 열정적인 대기업의 발목을 잡는 부정행위를 없애는 건 중소기업 경영자의 몫이다. 비정규직 문제 해결, 최저임금 인상, 정년 연장과 투자확대, 실업문제는 대기업과 중소기업 경영자가 모두 머리를 맞대고 지혜와 힘을 모아야할 사항이다.

지도자는 '언행일치'를 마음에 새겼으면 한다. 이제껏 국민 앞에 공약하거나 다짐한 일만 처리하기에도 너무나 벅찬 정책이나 일이 쌓여 있다. 말보다는 실천, 다짐보다는 행동, 격려보다는 채찍이 필요한 시점이다. 비록 방법론에 차이는 있을지언정 취지와 목적과 근본이 흔들려선 안 될 것이다. 그런 의미에서 지도자의 식단을 전국 방방곡곡의 전통시장에서 재료를 구입해 차리면 어떨까. 선거기간 보여준 장면이 일회용·선전용이 아니었음을 실증적으로 보여줘라. 지도자가 사용하는 물품도 중소기업 제품을 최우선으로 구입해 비치하라. 그것은 관심이고 애정이며 동질감이다. 무릇 지도자는 반대편 사람의 말이나 싫은 이야기도 깊이 새겨들어야 한다. 당나라 현종 시절 재상 한휴가 워낙 입바른 소리를 잘하는 통에 현종이 괴로워하자 어느 날 신하가 아뢰길 "폐하께서 괴로워하시고 나날이 수척해 지시니 그를 물리치시죠"라고 했다. 그러자 현종은 "내가 마르는 동안 세상 천하는 살찌지 않았는가?"라고 말했다.

우리 범인들이 새길 건 '혼연일체'다. 다시 뜨거운 가슴으로 미래의 꿈을 꾸고 희망을 노래하자. 싸이가 새마을노래를 흥겨이 부르고 박태환이 개구리 헤엄을 치고, 김연아와 손연재가 국민체조를 즐겁게 율동하게 하자. 보수의 순수함과 진보의 혁신의지, 디지털의 정확성과 아날로그의 정겨움에 짬뽕과 비빔밥의 절묘한 융합철학을 적용시키자.

그것이 세상의 다양함이고 조화다. 보스턴컨설팅 보고서에 나온 글을 인용해 본다. "매일 아침 아프리카에선 가젤이 눈을 뜬다. 그는 사자보다 더 빨리 달리지 않으면 죽으리라는 것을 안다. 매일 아침 사자 또한 눈을 뜬다. 사자는 가장 느리게 달리는 가젤보다 빨리 달리지 않으면 굶어 죽으리라는 것을 안다. 당신이 사자이든 가젤이든 상관 없이 아침에 눈을 뜨면 당신은 질주해야 한다."

2013.01.07

단감,
홍시 그리고
곶감

감이라고 하면 대개의 경영자들은 감(感)을 많이 떠올릴 것이다. 적지 않은 경영자가 이른바 '감으로 하는 경영', '감 잡았어!'라는 표현을 자주 쓴다. 특히 연말연시가 되면 내년 계획을 세우느라 감(感) 잡아야 하는 일이 많게 마련이다.

그러나 필자가 말하려는 건 감(感)이 아니라 먹는 감이다. 개인적으로 과일을 좋아하고, 그중에서 감을 가장 즐겨 먹는다. 어릴 적 시골마당에 있던 감나무를 생각하고 먹으면 추억을 먹는 것 같아 기분도 좋아진다. 같은 감이라도 어떻게 먹느냐에 따라 맛도, 추억도, 교훈도 다양해진다.

경영자 입장에서 감은 정말 많은 걸 떠올리게 만드는 과일이다.

어릴 적 시골에서 먹던 단감은 지금과는 사뭇 달랐다. 비바람이 불면 다음날은 새벽같이 일어나 앞마당과 뒷산에 올라갔다.

미처 익지 않고 떨어진 땡감을 줍기 위해서였다. 크기나 상처 여부에 상관없이 바구니에 담아 집으로 가져오면 어머니가 정성스레 닦은 후 장독에 넣고 소금물을 뿌려두곤 했다. 몇 날인가를 삭힌 후 심심할 때마다 하나둘 꺼내 깎아 먹으면 떫떨한 맛이 감쪽같이 사라진 진짜 단감이 됐다. 아무리 하찮게 보이는 것도 방식을 바꾸고, 시간과 정성을 들이면 유익하고 유용한 것으로 거듭나는 것이다.

요즘 국내 굴지의 기업에서도 구조조정 바람이 거세게 불고 있는 걸 보면 어릴 적 땡감이 생각 난다. 행여 아까운 인재를 내보내는 건 아닌지. 단기 성과에 집착해 장기적 발전을 저해하는 것은 아닐까. 떨어진 땡감을 단감으로 만드는 것처럼 개인의 적성과 능력을 다시 한 번 점검해 효율을 극대화하면 좋을 텐데.

다음은 홍시다. 정말 매일매일 따고픈 유혹을 이겨내야 맛있는 홍시를 맛볼 수 있다. 말 그대로 고진감래(苦盡甘來)의 표상이다. 행여 아끼고 아낀 홍시를 눈치 없는 까치가 쪼아 먹어버린다면 그야말로 닭 쫓던 개 신세가 되는 불길한 상상을 하며 보낸 인고의 날을 보내고서야 홍시를 따는 날이 왔다. 홍시를 딸 때도 혹시 떨어져 망칠까 지극정성으로 조심하며 절단봉과 잠자리채 같은 기구를 써서 하나하나 땄다. 그래서일까 옛 동양화에 자주 등장하는 홍시를 바라보면 감회가 남다르다. 홍시는 기다림의 미학 자체다. 그런데 요즘 홍시를 보면 불쑥 정년퇴직을 맞는 임직원이 떠오르면서 가슴이 답답해지는 건 왜일까?

  마지막으로 곶감이다. 곶감이란 게 뭔가. 감을 하나하나 껍질을 벗기고 꼬챙이 등에 꿰어서 잘 말린 감이 아닌가. 사시사철 어느 때라도 맛볼 수 있도록 햇볕과 바람에 말리는 정성을 들여 만든 창조물이다. 그런데 최근 우리나라 상황을 보고 있자면 그야말로 '곶감 꼬치에서 곶감 빼먹듯이 한다'는 표현대로 알뜰히 모은 재산을 조금씩 헐어 써서 없애는 일이 생기지 않을까 은근히 걱정이 된다. 대통령이 되겠다는 사람들의 공약에서 그런 걱정이 앞서고, 경제를 운영하는 사람의 정책에서 그런 우려가 생긴다.
  그러나 우리 국민은 정치적으로나 경제적으로 성숙했다고 믿는다. 선택과 결단을 통해 현명하고 정의로운 방향으로 대한민국을 이끌어온 저력이 있다. 지도자가 되려는 사람들도 모두 나름의 지성과 인격과 능력을 겸비하고 국민을 행복하게 해줄 수 있다고 생각한다. 그것이 단감인지 홍시인지 곶감인지는 몰라도 말이다. 그래서 말인데 왜 단감, 홍시, 곶감을 하나의 세트로 만들어 팔지 않는 것일까? 도저히 어울릴 수 없는 존재들이라서?

2012.12.03

베이비부머여,
즐겨라

요즘 온라인과 오프라인을 막론하고 언론 매체에서 가장 빈번하게 등장하는 용어 가운데 하나가 바로 베이비부머이다. 베이비부머가 어떤 세대이고 어떤 처지에 놓여 있는지 모를 사람은 드물 것이다. 하지만 필자 역시 이 세대에 속한 사람으로서 '베이비부머로서의 나'를 되돌아보면 이렇다.

태어나니 고추 달린 첫 아들이라고 부모님은 물론 일가친척들로부터 영웅대접을 받았다. 그러나 막상 자라면서 먹을거리가 부족해 발육은 그다지 좋지 않았다. 검정 고무신과 보따리 가방을 벗삼아 10여리 떨어져 있는 학교를 먼지 풀풀 날리는 신작로를 따라 걸어 다녔다. 소몰이와 돼지우리 청소가 놀이였고, 마을 앞 실개천과 뚝방이 놀이터였다.

무작정 상경한 아버지를 따라 서울로 올라오는 바람에 전학을 하고, 사글세와 전세를 전전하느라 초등학교를 세 군데나 다녀 보

았다. 때마침 생겨난 국민교육헌장을 잘 암송한 덕에 미국 PLA80
조(미국잉여농산물)에 따라 공짜로 배급 받은 옥수수로 만든 '옥수수
빵'을 덤으로 하나 더 받아먹기도 했다. 저녁에 TV를 보기 위해
낮에 만화방에 가서 만화를 보고 저녁 TV 시청권인 티켓을 받았
다.

중학교는 무시험 전형의 '뺑뺑이족'이 됐고, 고등학교는 실업계
특별전형을 비롯한 다양한 교육제도의 실험대상이 됐다. 대학은
재수가 기본인 시절을 거쳐 회사에 입사하니 하늘같은 선배와 염
라대왕 같은 간부들을 모시고 중세시대의 도제제도 속의 견습공
마냥 오로지 앞만 보고 회사생활을 했다.

그러다 보니 어느덧 밑에서 치어 박고 위에서 짓누르는 형국에
서 이제는 평평해진 글로벌 시대의 혜택은 커녕 세계경제의 불황
여파로 구조조정 대상자로 변했다.

인생을 이렇게 살아오다 보니 막상 은퇴해도 노는 방법을 몰라
불안한 세대가 되어 버렸다. 그러나 싫든 좋든 분명히 우리가 사
는 현재의 시대정신은 '행복과 재미'를 추구하고 있다. 학술적으
로 말하자면 시간예속의 경제로부터 레저경제로의 전환기를 맞고
있는 것이다.

여러 가지 이유로 개인이 살 수 있는 날이 길어지고 있다. 더 중
요한 건 길어진 시간이 대부분 일을 하지 않으며 살아야 하는 시간
이라는 것이다. 그런데 밉상스럽게도 최근의 젊은 세대는 실업난

속에서도 일중독자가 되기를 거부하며, 일과 여가의 균형을 목청 높여 지향하며 살아간다. 이와 달리 이른바 베이비부머 또는 '낙엽 줄의 낙엽세대'는 평생 회사형 인간으로 살아왔다. 심지어 그걸 무슨 훈장인양 자부심으로 가지고 있어 도무지 일 말고는 아무것도 할 수 없는, 할 일을 찾을 수도 없는 사람이 부지기수다.

이제 소득이 얼마든 여가활동을 하지 않고는 살 수 없는 세대 혹은 시대가 됐다. 이런데도 지난해 어느 생명보험회사가 세계 주요국에서 실시한 은퇴계획 설문조사 결과에 따르면 한국인은 은퇴라는 단어에서 다른 나라 사람들과 명확한 차이를 보였다. 우리나라 은퇴자들은 은퇴를 '어려움, 두려움, 외로움으로 인식하고 있었다. 반면 다른 조사 대상 국가의 은퇴자들은 '자유와 행복'을 연관 단어로 선택 했다.

베이비부머들이여, 지금이라도 늦지 않았다. 괜히 앞날을 걱정하며 주눅 들지 말자. 오로지 오늘만을 위하여 잘 먹고, 잘 마시고, 항상 배우고, 늘 건강하게 그리고 마음껏 즐기는 게 레저경제의 중심 영역이자 우리가 행해야 할 것임을 명심하자.

2012.11.05

"에이,
치사해"

예나 지금이나 최대의 경제 현안 가운데 하나가 대기업과 중소기업의 문제다. 고부간, 노사간, 여야간, 남녀간 문제처럼 골치 아픈 문제다. 어찌 보면 해답이 없는지도 모른다. 심지어 대학 강단에서도 강의하기 가장 민감한 문제이기도 하다. 특히 직장인이 대다수인 특수대학원에서는 대기업과 중소기업에서 일하는 학생이 고루 분포돼 있어 이 주제에 대해서는 의견이 팽팽하게 대립하게 마련이다. 한번은 수업 중에 대기업의 골목상권 침해에 대한 논란이 벌어졌다.

'왜 선거 때만 되면 정치인들이 재래시장을 갈까?'라는 주제로 토론할 때였다. 요즘엔 대형 마트에서 쇼핑하는 게 자연스러운 일이다. 주말에는 카트에 아이를 태우고 가벼운 군것질거리로 배도 채우는 게 일상의 풍경이다.

그런데 왜 정치인들은 대형 마트를 놔두고 시장통으로 몰려들까. 토론의 결론은 '그림이 좋아서'였다. 서민의 상징이요 온 국민의 어릴 적 애환이 서린 재래시장의 특성과 시골에 홀로 계신 어머니 또는 동네의 인심 좋은 아주머니를 떠올리게 하는 재래시장이야말로 거길 방문하는 사람의 서민적 풍치를 한껏 높여줄 수 있는 최적의 장소란 이유에서였다. 그러나 진정 우리가 바라는 건 그런 모습이 아니지않은가.

그들이 현장과 현실에 발을 담그고 있었다면 기업형 수퍼마켓(SSM) 논란은 애초에 일어나지 않았을 것이다. 정치권에서는 골목상권 침해 논리를 앞세워 SSM의 휴일 영업을 막았다. 그러나 영업 규제에 대한 부작용을 간과했다. 결국 SSM의 휴일 영업 규제는 유야무야 됐다. 평소 실생활에서 느낀 현장 감각으로 실효성 있는 제도와 정책을 만들었을 것이다.

현실은 그리 녹록하지 않다. 시시비비를 가리기가 어려운 문제라서 그런지 대기업과 중소기업의 문제는 시대상황에 따라 용어도 자주 바뀌었다. 함께 살자는 상생(相生)이나 공생(共生), 같이 성장발전하자는 상성(相成), 그리고 최근에는 동반성장까지. 해법을 몰라서가 아니라 대기업과 중소기업이 서로 양보하길 기다리고, 정책 당국은 자율적 해결을 바라고, 종국에는 특정 현안이 불거져야 허둥지둥 해법을 찾다 보니 땜질식 처방이 나오는 건 아닐까.

대기업과 중소기업의 문제를 다룰 기준이 되는 분명한 원칙이 하나 있다. 아이러니하게도 유치원에 다니는 조카에게 들은 말이다. 대기업과 중소기업간 거래나 계약에서 "에이, 치사해"라는 말을 서로 듣지 않도록 하는 것이다. 여기서 치사하다는 건 '행동이나 말 따위가 쩨쩨하고 남부끄럽다'는 것이다. 지금처럼 대기업은 중소기업을 '과자나 달라고 손 벌리면서 징징대는 어린아이처럼 귀찮은 존재'로 인식하고, 중소기업은 대기업을 '나만 자꾸 못살게 구는 양아치'로 여긴다면 문제는 영원히 풀리지 않을 것이다.

지금까지 만난 수많은 중소기업 사장은 대기업과 중소기업 관계에 대한 분명한 메시지를 일관되게 전하고 있다. '중소기업은 보호육성의 대상이 아니다'라고. 그리고 주장한다. 다만, 치사하게만 하지 말라고. 공존하는 기업생태계에서 자기만 살겠다고 과욕을 부리면 그것은 국가는 물론 기업 자체도 치사(癡事 어리석은 일)한 일이 될 것이다. 그에 따라 결국은 대기업도 치사(致死 죽음에 이름)에 이르게 될 지 모른다. 상생과 동반성장에 진정성을 보여야 치사(致詞·致辭 다른 사람을 칭찬함)를 들을 수 있다.

2012.09.10

아버지로서
그리고
사장으로서

#1.

나는 아침마다 아들과 함께 출근을 한다. 정확히 말하자면 승용차로 출근길에 대학 졸업반인 아들을 집근처에 있는 전철역에 잠시 내려준 후에 출근한다. 같이 있는 시간이 집에서 출발해 10분 남짓 되는 짧은 순간이다. 그러나 정말 진땀나는 시간이다. 원래 말이 없는 집안 내력 탓인지는 몰라도 도대체 부자지간에 나누는 대화가 거의 없다시피 하기 때문이다. 모처럼 뱉은 이야기도 영어를 갓 배워 대화에 자신 없는 학생마냥 간결한 단문장으로 끝내버린다.

길지도 않은 시간에 서로 할 말이 없다니, 어색한 침묵이 싫어 라디오를 켜기도 하지만 공감대가 형성되지 않기는 매한가지다.

주변 동료 혹은 회사 직원들과 가벼운 대화 주제로 이 문제를 놓고 상의도 해보았지만 뾰족한 개선방안은 못 찾았다. 최근 아침을 되돌아봐도 서로 주고받은 말은 단 두 마디씩이었다. "기말고사 기간이니?" "네." 그리곤 침묵.... 내릴 때는 "시험 잘 봐라." "네." 어제는 나름대로 대화를 조금 길게 이어가려고 노력했는데 결과는 이랬다. "곧 종강 하겠네." 역시나 조금 있다가 "네"라는 대답 그리고 내릴 때 "잘 갔다와라." "네." 여전히 이런 어색한 출근길 '두 마디 대화를 위한 10분 타임'을 2년째 보내고 있다.

#2.

아침 출근길에 회사 근처에 있는 스포츠센터에 들러 가벼운 운동 후 출근을 한다. 거기에 내가 정말 부러워하는 사람이 있다. 함께 스포츠센터에 다니는 부자다. 이른 아침부터 운동을 같이 하고 사우나 탕 속에도 같이 앉아 다정한 대화도 나눈다. 좀 전에 내려준 아들놈의 얼굴이 클로즈 업 되면서 부러움은 극에 달하게 된다. 어느 날은 너무 부러운 나머지 나도 모르게 "정말 부럽습니다"라고 아버지에게, 아들에게는 "정말 보기 좋다"라고 이야기하고 말았다. 그런데, 부자간에 한 직장에서 근무도 같이 한다지 않는가. "아! 정말 인간답게 사는구나."

#3.

회사에서 신입사원 면접이 있는 날이다. 다른 회사도 마찬가지지만 서류전형을 통과한 1차 합격자를 대상으로 대면면접을 실시한다. 통상 면접 직전 즉석에서 특정 주제를 주고 응시자들이 간단히 자료를 작성해서 발표하는 프리젠테이션을 한다. 그런데 오늘따라 응시생들이 어쩜 그리도 당당하고 자신있고 조리있게 이야기를 잘 하는지....

그래서 평소와는 다르게 다소 짓궂은 질문을 던져보았다.

"자식으로서 아버지에 대한 자랑을 해보라"고 했다. 그랬더니 거침없이 쏟아 내는데 왜 그리 눈물이 나려하는지. 두 마디 토크를 주고받는 우리 아들이 과연 입사면접을 본다면 어찌될까? 그런 상상을 하노라니 괜스레 멋쩍기도 하고 침울한 느낌이 들었다.

#4.

퇴근길. 무심코 오늘 일을 되돌아봤다. 아뿔싸, 홀로 살고 계신 아버지를 뵌 지가 두어달은 된 것 같다. 그야말로 걸어서 5분 거리인 같은 동네에 살고 계신데도 동시에 얼마 전 종영된 '해피엔딩'의 한 장면이 떠오른다. 시한부 선고를 받고 암 투병 중인 아들을 보러 시골에서 황급히 올라와 병실에 도착했지만 만감이 교차돼 막상 병실 문을 열어보지도 못하고 되돌아 가는 아버지(최불암)의 뒷모습, 그리고 뭔가를 예감하고 병실 문을 열자 황급히 저 편으로 사라져가는 아버지를 멀끄러미 바라보면서 오열하는 아들(최민수), 아, 정말 가슴이 답답하다. 사랑은 유전된다. 묵묵히 지켜보는 것도 좋지만, 이제는 수시로 말로 표현하고, 반드시 행동으로 실천하자. 가족에게도, 직원에게도.

2012.08.06

시나리오경영?
시행착오경영!

　　국내외 어딜 둘러봐도 위기나 위기 우려란 말이 넘쳐나다 보니 기업경영에서도 별별 해프닝을 겪을 수밖에 없다. 특히 지난해 사업계획을 작성할 때 많은 어려움을 겪었다. 환율을 어떻게 적용할지 몰라 수입환율과 수출환율을 나누어 적용하고(수입환율을 높게, 수출환율은 낮게 적용하는 방식으로 안전장치를 강구), 금리도 수입이자와 지급이자를 분리해 계산하고(수입이자는 저금리, 지급이자는 고금리로 계상), 사업계획은 1,2로 나누어 작성했다(1은 정상목표, 2는 비상목표). 그러고도 불안해 이른바 '시나리오경영'을 행할 수밖에 없었다. 말이 좋아 시나리오경영이지 제대로 말하면 '시행착오경영'이라 할 수 있다. 상황에 따라 수시로 변경하고 적응하자는 것이니 말이다. 올해도 별반 다를 게 없는 상황이다.

　　기업경영을 하다 보면 이렇게 답답하고 예측불가능 한 일이 자주 벌어진다. 그때마다 찾는 게 이른바 전문가, 그 중에서도 경제

전문가의 의견이다. 환율, 유가, 물가, 이자 등 경영활동에 직접 영향을 미치는 요소뿐만 아니라 경제 성장률, 국제수지, 실업률 등 거시경제의 핵심 지표와 관련된 각계각층 전문가의 의견은 그 야말로 앞이 보이지 않는 예측불허의 경영환경에서 의사결정에 중요한 이정표가 될 수밖에 없다.

특히 우리나라 기업은 무역과 국제의존도가 다른 나라보다 상대적으로 높다. 특정 국가가 기침 한번만 해도 독감에 걸리고, 눈만 한번 부라려도 오금이 저려온다는 농담이 요즘도 예사롭게 들리지 않는다. 이렇게 취약한 경제구조를 가진 상태에서 유럽 재정위기, 중국 경착륙, 미국의 더블딥 우려 등 세계경제의 파열음이 나오고 있어 더욱 촉각을 곤두세우게 한다.

이러다 보니 국내외 경제상황과 기업 환경은 당연히 평범이나 정상과는 다소 거리가 먼 극한의 상황에 처해 있다. 이를 반영하듯 각종 해법이 정상적 상태에서 작동하고 적용하는 경제정책이나 경영기법이 아니라 극약처방을 요구하는 지경에 이른 모습이다. 그래서인지는 몰라도 수년 전부터, 좀 더 정확히 말하자면 2008년 글로벌 금융위기 이래 이런 분야에 대해 이야기하는 전문가가 거의 사라졌다.

물론 쉽사리 예측하고 전망하기 어려운 상황이다. 경제에 영향을 미치는 변수가 워낙 많고 복잡하게 얽혀 있어서다. 그나마 기상예보와 같은 건 수퍼컴퓨터라도 도입해 해결한다고 하지만 경제예측은 정말 쉽지 않아 보인다. 설령 어렵사리 경제전망을 제시

해도 얼마 지나지 않아 변경하는 일이 다반사로 일어나고 있다.

예컨대 기본지표라고 할 수 있는 우리나라 경제성장률만 보더라도 아직 상반기가 지나지 않은 시점에서 계속 달라졌다. 한국개발연구원은 올 초 3.8%에서 3.6%로, 한국은행은 3.7%에서 3.5%로, OECD는 3.5%에서 3.2%로 낮췄다. 한국금융연구원은 3.6%에서 3.4%로, 국제통화기금(IMF)은 3.5%에서 3.25%로 조정했다. 그리고 공통적으로 하는 말이 "예측이 어렵다" "경제상황이 안갯속이다"였다.

사실 이제까지 기업경영은 어느 정도 예측가능한 범위에서 움직여왔다. 요즘은 다르다. 작금의 상황은 도무지 종잡을 수가 없다. 과거 데이터를 활용한 미래 추세분석이 거의 불가능한 세상이다. 그러다 보니 수많은 경험을 지닌 원로나 석학도 무기력해지기는 마찬가지이다. 탁월한 혜안을 가진 경제학자가 어디 없을까?

2012.07.02

제 2 부

여행사
CEO로
살아가는 법

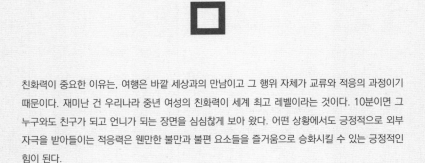

친화력이 중요한 이유는, 여행은 바깥 세상과의 만남이고 그 행위 자체가 교류와 적응의 과정이기 때문이다. 재미난 건 우리나라 중년 여성의 친화력이 세계 최고 레벨이라는 것이다. 10분이면 그 누구와도 친구가 되고 언니가 되는 장면을 심심찮게 보아 왔다. 어떤 상황에서도 긍정적으로 외부 자극을 받아들이는 적응력은 웬만한 불만과 불편 요소들을 즐거움으로 승화시킬 수 있는 긍정적인 힘이 된다.

-- 좋은 여행을 떠나는 4가지 조건 중

여행자는 느는데
여행사는
왜 망할까

"재미있고 의미 없는 건 오락, 재미없고 의미 있는 건 일, 재미도 있고 의미도 있는 것은 여행. 그러니 여행을 미룰 이유가 있을까."

주변 사람들에게 여행을 권할 때 던지는 농담 반 진담 반의 조언이다. 그런데 사실이다. 여행은 인간이 만들어 낸 행위 중에서 가장 큰 만족을 주는 이벤트다. 낯선 것에 대한 설렘과 잠깐의 일탈이 주는 해방감은 무엇과도 비교하기 힘든 기쁨이다. 여기에 맛난 음식과 편안한 잠자리, 멋진 풍경이 더해진다. 행복의 모든 요소를 갖춘 셈이니 계절마다 해외여행을 즐기는 여행 중독자가 생기는 것도 이상한 일은 아니다. 이런 즐거움 덕분에 국내외를 여행하는 사람의 수는 해마다 늘어만 간다. 이론적으로만 본다면 여행업은 승승장구하는 것이 당연하다.

그런데 국내 여행업이 심각한 위기를 맞고 있다. 30년 넘게 항공권 판매 분야에서 독보적 지위를 누려왔던 탑항공이 이달 초 경영악화를 이유로 문을 닫았고, 몇몇 중소여행사도 폐업절차를 밟았다. 최근 신문지면을 장식한 여행사들은 내국인을 외국으로 보내는 '아웃바운드' 회사였지만, 외국인을 유치하는 '인바운드' 여행업의 상황도 크게 다르지 않다. 정치적인 이유로 발길을 끊었던 중국인들은 이제야 겨우 슬슬 한국행 비행기를 탈 준비를 하고 있을 뿐이다.

한때 한류 덕분에 물밀 듯 밀려들어 명동과 청담동 일대를 누비던 일본 아줌마들도 이제 거리에서 찾아보기 쉽지 않다. 수요 예측을 잘못한 면세점과 신축 호텔, 대형 식당들은 예상외의 적자로 울상을 짓고 있다. 정부는 일자리 창출을 목 놓아 외치는데 여행사에서는 권고사직과 해고, 인수합병이 진행 중이다. 상장여행사의 주가는 이미 반 토막이 났다. 이상한 일이다. 여행자는 늘어만 가는데, 여행사는 망하고 업계는 초비상이다.

이 모순의 근본 원인은 무엇일까. 여행업 내부의 분석은 이미 다양하게 나왔다. '시대의 흐름을 읽지 못했다' '해외 거대자본이 진출한 탓이다' '대기업이 골목상권을 침범했다' 등등. 이렇다저렇다 말이 많지만, 근본적인 패인은 '상상력의 부족'이 아닌가 싶다. 왜 국내 모든 축제장의 먹을거리 코너는 모두 똑같은 음식을 팔고 있을까. 아파트 단지 야시장에서 먹던 돼지고기 바비큐와 닭

강정을 꼭 남해안의 축제장에서 먹어야만 하는 건가.

필리핀 보라카이나 태국 피피 섬처럼 관광지 전체를 전면 폐쇄 후 옛날 모습으로 리모델링하는 것을 꿈꾸어 본 지자체는 한국에 과연 있을까. 왜 여행사는 1990년에 39만원에 팔던 방콕 파타야 여행을 30년이 지난 지금도 그 가격에 팔고 있을까. 홈쇼핑을 통한 가격경쟁 외에 무엇을 더 고민한 적이 있나. 왜 해외여행 상품을 고르는 소비자는 짧은 시간 동안 되도록 많은 나라를 보고 싶어 하는 걸까, 또 여행 일정표나 자유 시간의 유무보다는 땡처리 초특가와 같은 저가 덤핑여행을 더 선호하는 걸까.

상상력은 여유로움에서 나온다. 우리는 너무 급하다. 빨리 돈을 벌지 않으면 망할 것만 같은 불안감에 사로잡혀 있다. 이번 여름 한 철 벌어놓지 않으면 굶어야 한다는 절박함 때문에 바가지를 씌우는 것을 당연하게 여긴다. 동네가 조금 알려져 관광객이 찾아온다 싶으면 이내 가격을 올리고 서비스의 질은 손님의 수와 반비례해 곤두박질친다. 다시 또 오고 싶은 곳으로 기억을 남겨주는 것이 아니라 "제발 다시는 오지 마세요"라 소리치는 격이다. 황금알을 낳는 거위는 이렇게 태어나자마자 죽어간다.

해마다 휴가철과 명절 때면 언론에 어김없이 등장하는 '인천공항 출국자 사상 최대, 관광수지 십수 년째 적자'라는 보도에 달린

"제주도 갈 돈이면 동남아 가서 맘 편하게 놀고 온다"는 댓글은 그냥 읽고 넘어가기엔 시사하는 바가 크다.

몇 해 전 일본 규슈 여행을 갔다가 들른 산속 어느 사찰, 마루 위에서 누구나 마실 수 있도록 마련해놓은 따끈한 녹차를 만났다. 목이 마르던 차에 고맙게 마시고 마침 지나가던 스님에게 물었다.

"왜 돈을 안 받으시는 겁니까."
"이 먼 곳까지 와주신 것에 대한 감사의 표시입니다."

상상력은 아주 작은 마음 씀씀이에서도 나온다. 우리 지역과 우리 여행사를 찾아주는 사람에 대한 고마움과 진정성, 그것을 바탕으로 갖추지 않으면 어떤 대책도 효과를 발휘하기 힘들다. 관광대국으로서 대한민국도, 어려움에 부딪히고 있는 여행사들도 '단골'이 필요한 상황이다. 여행업계에서는 이를 리피터(Repeater)라 부른다. 단골을 부르는 상상력, 과외라도 받아야 할 판이다.

2018.10.30

철없는(?)
국민을 위한
변명

올해는 연휴가 참 많은 해다.

여행업계에선 '사말오초' '칠말팔초' '구말십초'의 3대 연휴로 부르고 있다. 이런 연휴나 휴가철이면 꼭 TV와 신문에 어김없이 등장하는 뉴스가 있는데, "불황속 해외여행객 증가로 관광수지 적자 최대폭이 예상된다"는 것.

올해는 그냥 넘어가나 싶더니 역시나 눈에 띈다.

'외국인 관광객이 우리나라에 들어와서 쓰는 돈보다 우리 국민이 해외에 나가 쓰는 돈이 더 많다'는 것이 주 내용인데, 여행업에 몸담은 이후 한 해도 빠짐없이 들어온 소리다.

솔직히 그동안 좀 억울했다. 언론이 그렇게 떠들기 시작하면 사회적 분위기도 그렇게 변하기 때문이다.

"경제도 어려운 판국에 해외여행을 가려고 인천공항에 줄을 서다니 쯧쯧." "나라를 생각지 않는 철없는 사람들 같으니라고." 이런 시각들이 몇 년 전까지만 해도 일반적이었다.

심지어 해외여행은 국부를 유출시키는 행위고, 그 주범은 우리 국민을 해외로 송객하는 속칭 '아웃바운드 여행사'라는 곱지 않은 시선까지 받아왔던 것도 사실이다.

그런데 이 오해를 풀 수 있는 기분 좋은 뉴스가 하나 들려왔다.

문화체육관광부가 지난 4월 10일 정책브리핑을 통해 "국민이 해외여행을 가면 현지에서 지출하는 것 외에도 국내에서 여행을 준비하면서 여행상품과 항공권 구입, 면세점·소매점 등에서의 쇼핑 등을 통해 비용을 지출하게 되는데 그 규모가 약 20조7000억 원이다. 국민이 해외에서 쓰는 24조7000억원 외에도 그 84%에 달하는 비용을 국내에서도 지출하는 것"이라는 소식.

연간 해외여행 인구를 2000만명으로 어림잡으면 20조원의 지출은, 1인당 100만원 정도로 환산할 수 있다. 튼튼한 경제의 기본은 내수활성화인데, 해외여행이 내수 활성화에 이 정도로 큰 기여를 하고 있었다니 그동안 뒤집어쓰고 있었던 국부 유출범의 누명이 억울할 지경이다.

사실 국적기를 이용한 해외 패키지여행의 경우, 항공료와 면세점 쇼핑까지 모두 내수 지출로 집계 되어 실제 관광수지가 그리 나빠지는 것도 아니다.

그리고 무엇보다 중요한 것 한 가지가 있다.

우울증 걸리기 일보 직전 어머니들, 해외여행 다녀와서 씻은 듯이 나아 아끼게 된 병원비.

위기의 부부가 여행 후 서로를 이해하게 되면서 갖게 된 행복의 가치.

만성 스트레스로 퇴사를 고민하던 직장인이 힐링하고 다시 힘을 내게 된 사회적 비용까지 감안한다면 여행은 이렇게 지출하는 것보다 얻는 것이 훨씬 더 많은, 인간이 할 수 있는 최고의 투자이자 유희다.

자, 철없는(?) 국민이여 다시 한 번 힘을 내보자. 4말5초는 끝났지만 7말8초의 여름 휴가와 9말10초의 추석연휴가 기다리고 있지 않은가.

2017.05.15

TV속
예능 여행

시청률 무한경쟁 시대, 재미난 TV 프로그램을 만들어야 하는 제작자에게 여행만큼 좋은 소재는 없다. 화려한 볼거리와 피부색 다른 사람들의 미소, 침 꼴딱 넘어가는 맛난 음식들과 아름다운 풍경까지. 여행 프로그램 중 가장 대표적인 것은 KBS-TV의 '걸어서 세계 속으로'를 들 수 있다. 2005년부터 총 520여 회 지구상 거의 모든 여행지를 소개하고 있어 여행사 경영에 좋은 교육자료가 되고 있다.

TV 여행 프로그램은 수년 전 '꽃보다' 시리즈로 획기적인 전환기를 맞이한다. '다큐멘터리'에서 '예능'의 영역으로 옮겨간 것이다. 여행의 원초적 감동에 연예인의 에피소드가 더해졌다. '할배'들이 다녀간 유럽 도시들은 최고의 핫플레이스가 됐고, 누나들이 들렀다 온 대만은 홍콩보다 더 많이 찾는 동남아의 필수 코스로 자리매김했다. 잠시 쉬어가던 사막의 경유지 두바이는 런던이나 파리만큼 유명해졌다. 빛이 있는 곳에 어둠이 있다고 했던가. 여행 예능은 여행의 본질을 '연예인 따라다니기'로 퇴색시키고 있다.

여행은 전혀 다른 문화를 만나는 것, 있는 그대로의 새로운 세계에서 감동받고 자신을 변화시키는 것일진대 예능에 기대어 따라간 여행에서는 그런 요소들이 쉽게 나서지 못한다. 수천 년의 이야기를 간직한 유적보다 '꽃할배'의 카페가 더 관심을 모으는 것이 부작용 아닐까 싶다. 최근 패키지 여행 일정을 그대로 따라다니며 여행의 전체 과정을 속도감 있게 보여주는 또 하나의 여행 예능이 인기를 얻고 있다. 덤핑 및 쇼핑 강요 등으로 얼룩진 패키지 여행의 오명이 조금이나마 벗겨지고 있어 반갑다.

저렴한 공동구매, 가이드가 책임지는 안전하고 합리적인 일정이라는 패키지 여행의 장점이 좀 더 어필되기를 바란다. 잔소리라도 한마디만 사족을 덧붙이고 싶다. 여행에서 가장 중요한 것은 '안전'이라는 것을 간과하고 있지는 않은가 하는 점이다. 에피소드를 만들기 위한 돌발행동이나 일정 지연은 상상하기 힘든 위험을 초래하기도 한다. 이를 일반 여행객이 따라하지 않으리라는 보장이 없다. 단 1%의 위험요소라도 모두 걷어내야 하는 것은 우리 여행전문가들의 책임이자 사명이다. 재미와 감동, 편안함과 여유의 네 마리 토끼를 모두 잡는 여행 예능을 기대해본다.

2017.04.03

좋은 여행을
떠나는
4가지 조건

　　아무 생각 없이 쓰는 단어 중에 도대체 그 순서는 누가 정한 것일까 궁금한 것들이 있다. 진선미(眞善美), 지덕체(智德體), 국영수(國英數)처럼 개념이나 요소의 나열로 이루어진 단어들이 그렇다.

　　고교시절 담임선생님은 '정치 경제 사회 문화'를 이야기하며 중요도에 따른 순서니 외워두라고 말씀하셨다. '정치가 올바르면, 경제가 발전하고 그 토대 위에서 사회가 안정될 수 있으며 비로소 문화는 융성할 수 있다'는 가르침이었다. 한 치 앞이 보이지 않는 지금 우리 사회의 상황을 보면서 40년 전의 가르침이 옳았음을 무릎을 치며 깨닫고 있다.

　　재미있는 것은 이 순서가 여행에도 그대로 적용된다는 사실이다. 여행에 있어서 필수 요소 역시 정치, 경제, 사회, 문화의 순이다. 정치는 체력(Power), 경제는 돈, 사회는 친화력, 문화는 지식과 탐구력이다.

여행에 있어 역시 가장 중요한 것은 체력이다. 필수 불가결의 요소라 해도 과언이 아니다. 돈이 없어도 여행을 할 수는 있지만 체력이 없다면 집 바깥을 떠나지 못한다. '다리 떨릴 때 떠나지 말고, 가슴 떨릴 때 떠나라'는 말이 있는 이유다.

경제력은 체력이 약간 부족할 경우 이를 보완해줄 수 있는 요소다. 젊을 때야 좁은 이코노미석에서 12시간을 가도 끄떡없지만 머리가 희끗해지면 다리를 쭉 뻗을 수 있는 비즈니스석을 간절히 원하게 된다.

친화력이 중요한 이유는, 여행은 바깥 세상과의 만남이고 그 행위 자체가 교류와 적응의 과정이기 때문이다. 재미난 건 우리나라 중년 여성의 친화력이 세계 최고 레벨이라는 것이다. 10분이면 그 누구와도 친구가 되고 언니가 되는 장면을 심심찮게 보아 왔다. 어떤 상황에서도 긍정적으로 외부 자극을 받아들이는 적응력은 웬만한 불만과 불편 요소들을 즐거움으로 승화시킬 수 있는 긍정적인 힘이 된다.

지식과 탐구력은 여행을 완성시키는 보석 같은 양념이다. 체력과 돈, 사람을 모두 갖춘 여행이라도 감동과 설렘이 없다면 단순한 유희에 머물고 만다.

여행 하나만 해도 이렇게 중요한 요소들이 조화롭게 어울려야 완성되는 것일진대, 하물며 온갖 요구와 이해관계가 뒤얽혀 있는 복잡한 우리 사회야 두말해 무엇할까.

정치, 경제, 사회, 문화 그 어느 것 하나 소홀히 할 수 없는 분야들이 조화롭게 발전하는 것이 이상 사회를 만들기 위한 유일한 길이라는 것은 단순하지만 명쾌한 정의다.

그중 가장 중요한 것은, '순서대로' 역시 정치다.

2017.03.06

패키지 여행의
재발견

중년 남성 연예인 4명이 '아무 준비 없이' 해외여행을 떠난다. 준비 없이 떠난 여행이지만 '아무 불편 없이' 아찔한 유리 다리를 건너고 노천 온천을 하거나 만년설의 장관을 즐기며 무사히 여행을 마친다.

패키지여행을 소재로 한 TV 예능 프로그램 '뭉쳐야 뜬다'가 꽤 인기를 얻고 있는 모양이다. 사실 이보다 먼저 성공한 여행 예능의 대명사는 '꽃보다' 시리즈다.

단순 경유지였던 두바이가 이젠 유럽 가는 길에 꼭 들러야 할 중요 목적지가 되었고, 찾는 이 많지 않던 대만은 누나들과 꽃미남 동생이 한 번 다녀가더니 홍콩 못지않은 핫스폿이 된 지 오래다. 차이가 있다면, '꽃보다' 시리즈는 여행사가 개입하지 않은 자유여행에서 일어나는 에피소드가 소재였지만, '뭉쳐야'는 여행사가 만든 여행상품, 즉 가이드가 안내하는 패키지 상품이 주인공이라는 것이다.

이 프로그램이 얘기하는 패키지여행의 좋은 점은 네 가지다. 첫째, 내가 몰라도 가이드와 함께하니 '길치'도 걱정하지 말 것. 둘째, 혼자 가더라도 OK, 일행들이 기념사진을 찍어 줄 수 있다. 셋째, 외국어를 못해도 상관없다. 넷째, 뭐가 좋은지 고민하는 결정 장애라고? 따라오기만 해라.

네 가지 장점을 딱 한 단어로 정리하면 '편하다'는 것이다. 패키지여행은 꽤 오랜 세월 억울한(?) 누명을 쓰고 있었다. 본디 태생은 공동구매로 원가를 낮추고 전문가의 도움까지 받는 아주 편하고 안전한 여행임에도, 일부 여행사들의 과당 경쟁 탓에 강제 옵션과 쇼핑 강요 등으로 얼룩진 불편한 덤핑 여행으로 인식되어버린 것이 사실이다.

이제 그 인식이 터닝포인트를 맞고 있는 것 같다. 부정적 인식은 거의 사라져가고 있고, 여행사들도 나름 패키지여행의 편리함에 자유여행의 장점을 가미한 여행상품을 내놓고 있다.

여행 일정 중 자유시간을 충분히 배치한 '패키지 속 자유', 너무도 바쁜 여행 일정에 쉼표 하나를 끼워 넣은 '늦잠 자는 중국 여행', 여유로운 일정에 힐링 요소까지 넣은 '안단테 시리즈'가 그 대표적인 예다. 저가 일색인 여행상품보다는 제값 내고 그 이상의 대우를 받는 '슈퍼클래스'도 인기다. 어차피 사람은 참 외로운 존재 아닌가.

여행은 좋은 친구를 만들어준다. 혼자 떠나도 함께 여행할 수 있다는 것, 패키지여행은 현대인에게 가장 부족한 '소통'의 문제를 해결하는 열쇠가 아닐까 생각해본다.

2017.02.06

여행을 꿈꾸시라…
새해라서 설렌다

잘 쓰지 않는 단어 중에 '탐승(探勝)'이 있다. '경치 좋은 곳을 찾아다님'이라는 뜻이다. 조선시대엔 탐승을 직업으로 삼는 이들이 있었다. 매월당 김시습과 교산 허균, '김삿갓' 김병연과 우담 정시한이 대표적 '탐승문인'이다.

요즘의 여행 칼럼니스트나 일간지 여행담당 기자쯤 될까?(필자가 만나본 여행기자들은 그렇게 여유 있어 보이지는 않았지만 말이다) 탐승문인 권섭은 그의 대표 시조 '위객(謂客)'에서 말한다.

'이보게, 술 권하는 노래 한 곡 불러보게.
앞집 술은 익고 마을엔 복숭아꽃이 피었네.
진실로 봄바람(청춘)이 지나가면
놀아 볼 기운도 없지 않겠나'

민요 '노세 노세 젊어서 노세'의 모티브인지도 모른다. 삶의 활력소로서의 여행은 예나 지금이나 다르지 않다. 금연, 다이어트, 재테크 등 작심삼일일지언정 1월 캘린더에는 여러 계획이 빽빽하게 적힌다. 여행계획을 세우는 사람은 별로 본 적 없다. 사실 여행만큼 '시간과 돈, 건강'의 3박자가 맞아야 가능한 일이 별로 없다. 젊을 때는 돈이 없고, 한참 벌 때는 시간이 없다. 돈과 시간이 생기니 건강이 허락지 않는다. 이래서는 평생 집과 회사만 오가야 할 처지다.

새해에는 먼저 여행계획을 세워보자. 큰돈을 들여야만 좋은 여행이 되는 것은 아니다. 사는 곳을 벗어나 다른 세상을 보고 오는 것이면 모두 여행이고 추억이 될 수 있다. '젊어서 놀기'에는 아직 할 일이 너무 많으신가? 그럼 내가 꼭 챙겨야 할 사람들을 위한 여행계획을 세워보는 것은 어떨까. 돈 벌고 일 하는 목적이 거기 있을진대, 너무 많은 것을 참고 사는 것은 아닌지. 중국 장자제에서 잠깐 엿듣게 된 부자의 대화가 기억에 남는다.

"돈 벌기 힘들지 않니?"

"이런데 쓰려고 돈 버는 거예요, 아버지."

그런 의미에서 새해맞이 선물로, 여행사에서는 알려주지 않는 여행비용 경감 비기(祕技)를 알려드린다.

첫째, 연휴 직전과 직후를 노려라.

둘째, 빨리 예약할수록 싸다.

셋째, 단독 전세기는 출발 며칠 전까지 기다려보자.

여행은 힐링이고 재충전이다. 생각만으로도 들뜨고 설렌다. 꿈 꾸지 않는 사람에게 어떤 즐거움과 미래가 있을까. 여행을 꿈꾸시라, 설레는 한 해를 보내시기 바란다.

2017.01.09

1등을
한다는 것

스위스의 유명한 식품회사가 흥미로운 실험을 하나 했다. 초등학교 또래의 아이들을 스튜디오로 불러 1등부터 3등까지 순위가 매겨져 있는 단상을 설치해, 서고 앉고 싶은 자리에 오르도록 한 것. 아이들에게 '1등'이 어떤 의미를 갖고 있는지 알아보는 실험이었다. 81%의 아이들이 1등이 새겨진 맨 위 단상에 올랐다.

단상의 아이에게 실험자가 물었다. "1등은 무엇을 의미할까?"

아이들은 고민하지 않고 "엄마가 강아지를 사주는 것", "엄마가 안아줘서 행복한 것", "큰 트로피를 얻는 챔피언이 되는 것"이라 답했다.

다시 물었다. "1등을 하지 못하는 것은?"

아이들은 "슬픈 일이에요", "또 실패할까봐 두려워요", "엄마가 밖으로 내쫓아요" 등 천진난만한 표현을 했다.

그런데 마지막 질문을 이어갔을 때 놀라운 일이 일어났다.

"그런데 우리가 1등에 너무 많은 가치를 두는 건 아닐까?"

그러자 장난꾸러기 꼬마들이라고는 믿을 수 없는 성숙한 답변들이 나오기 시작했다.

"난 2등이 좋아요, 상을 못 타도 나는 분명히 다시 뛸 거예요, 포기하지 않을래요. 내 친구가 포기한다고 하면 그만두지 말고 계속 뛰라고 응원할 거예요."

"내가 느끼기엔(상대가) 나보다 크고 잘한다면 나는 아직 부족하구나 느낄 거예요. 그리고 계속 노력을 해야죠. 2등이 된다는 것은 나보다 더 잘하는 사람이 있다는 것을 알고 더 잘하려고 노력해야 하는 거니까요."

어쩌면 아이들은 자기가 듣고 싶었던 위로의 말들을 스스로 이야기한 것은 아닐까. 우리는 흔히 1등을 하지 못한 사람들에게 '결과보다는 과정이 중요하다'는 이야기를 한다. 이 사전적인 위로에 감추어진 속 깊은 뜻이, 스위스 아이들의 순수한 답변 속에서 빛을 발했다.

갑작스럽게 1등 이야기를 이렇게 길게 한 것은 필자가 다니는 회사가 지난주 매일경제신문 여행플러스가 발표한 여행사별 만족도 조사에서 서비스품질 1위를 했기 때문이다. 예전 같았으면 자랑 글을 신나서 썼을지 모른다. 하지만 그 과정, 단상 위에 선 아이들이 이야기한 "나보다 더 잘하는 사람이 있다는 것을 알고 더 잘하려고 노력했던 것"이 몇 배는 중요하다는 것을 잘 알고 있기에, 결과에 대한 자랑은 접어두기로 했다.

올해가 시작될 때 시무식 자리에서 발표하고 일년 내내 경영방침으로 몇 번이고 강조한 한 마디가 있다. "나의 작은 실수 하나가 고객의 여행을 망친다"는 것.

비행기 표의 영문 스펠 하나가 틀리는 것, 비행기 시간을 다르게 알려 드리는 것, 현지에서 진행될 옵션이나 호텔의 상황을 빼먹고 알려주지 않는 것. 여행사 직원 입장에서는 실수 하나겠지만, 오래도록 공들여 여행을 준비한 고객의 입장에서는 반년간의 계획 전체가 망가지는 것임을 우리 직원들은 아주 잘 알고 있다.

주말에 종종 여남은 명 정도가 모여 자전거를 타는데, 맨 앞에는 일행 중에서 가장 체력이 좋고 판단이 빠른 사람을 세운다. 그의 리드가 좋아야 전체 일행이 편안하게 라이딩을 할 수 있다. 대신 리더는 앞에서 불어오는 모든 바람을 맞으며 올바른 레코드 라인을 따라 질주해야 한다. 그만큼 힘든 길이다.

어찌 되었든 우리는 1등 자리에 섰다. 인원보다는 서비스, 이익보다는 고객만족을 우선시하는 여행업이 되길 기대한다. 2017년, 우리 회사에 주어진 임무가 그것이다.

2016.12.19

여행가방 안에
넣어둘만한
소품들

　　해외여행을 다닐 때마다 매번 겪는 일이 하나 있다. 아무리 꼼꼼하게 짐을 챙겨도 정작 현지에서 짐을 풀고 나면 집에 두고 와서 아쉬운 물품이 꼭 하나씩은 나온다는 것. 한 달에 두어 번 출장을 나가는지라 이젠 여행 짐을 꾸리는데 도사가 되었다고 자부하는 데도 그렇다.

　　집에서야 '있어도 그만 없어도 그만'이고 값으로 따져도 푼돈으로 구입할 수 있는 물건일지라도 막상 여행지에서는 그 무엇보다 요긴한 것이 바로 이 소품들이다. 여행을 좀 더 편안하게 해주는 소품들 몇 가지를 골라보았다. 당장 계획이 없더라도 이 소품들 정도는 상시 여행가방 안에 미리 넣어두면 좋다. 여행을 하루 앞두고 짐을 챙길 때는 전혀 생각나지 않을지도 모르니 말이다.

　　– 나무젓가락　많이는 필요 없고 3~4벌 정도면 된다. 별 다섯

개짜리 특급호텔일지라도 방 안에는 쇠로 된 포크와 티스푼밖에 없다. 서양이라면 프런트에 있을 리도 만무. 챙겨온 컵라면이라도 먹기 위해서는 필수품.

- **커피믹스** 평소 커피를 즐기지 않는 사람들도 현지식을 몇 끼니 먹다 보면 김치만큼이나 이 '달달한 다방커피'가 간절히 그리워질 때가 있다. 해외에서는 이 설탕 들어간 커피믹스를 팔지 않는 나라가 더 많다. 10봉 정도 넣어놓자.

- **손톱깎이** 여행 그거 며칠이나 한다고 참으면 된다 생각하고 떠났다가 여행 3일째부터 삐죽 나온 손톱이 눈에 걸리기 시작하면 그것만큼 신경 쓰이는 일이 없다. 손톱만 깎는 데 쓰는 건 아니고 손톱 주변살 정리와 옷이나 가방의 실밥 떼어내기에도 딱 좋다. 현지에서 구하기 힘든 아이템 중 하나. 단기내 휴대는 안 된다는 것에 주의.

- **멀티플러그** 정말 유엔보다도 더 세계적인 합의와 통일이 필요한 것이 바로 이 콘센트 모양이다. 제각기 콘센트 모양이 다른 나라를 여행할 때 필수품. 충전해야 할 휴대 기기가 5개일 경우 멀티플러그 5개를 살 필요는 없고, 집에 있는 5구 멀티탭을 하나 추가로 가져가면 된다.

- **와인 오프너** 유럽여행 필수품. 와인은 오프너 외에는 그 어떤 도구로도 열리지 않는다.

- **가습 마스크** 4시간 이상 장거리의 비행 필수품. 공기가 계속 순환되는 비행기 안은 상상 이상으로 건조하다. 생수를 흘려 넣고 30분만 착용해도 목 아픈 것이 사라진다.

- **안전복대** 보통 유럽 자유여행을 할 때 꼭 챙겨가는 아이템인데, 돈과 여권지갑을 넣고 몸 안으로 두르는 주머니 형태의 복대다. 손가방과 휴대폰을 가끔 두고 다니는 건망증 보유자에게는 필수품.

이외에도 돌돌 말아 베개나 허리 받침으로 쓰기 좋은 경량 패딩이나, 액세서리 보관함으로 적당한 휴대용 약통, 보조배터리와 블루투스 스피커 등도 챙겨 가면 유용한 아이템이다.

팁을 하나 드리자면, 여행사마다 판촉물로 만들어놓은 유용한 여행용 소품들이 있는 경우가 많다. 예약을 할 때 슬쩍 한번 부탁해보자 의외로 괜찮은 아이템을 손에 넣게 될지 모른다.

2016.12.05

은빛으로
일한다는 것

　재미있는 경험을 하나 말씀 드린다. 작년 이맘때 미국 동부 출장길에 일어난 일이다. 반나절 여유가 생겨 미국에서 꽤 알려진 브랜드의 여성 속옷 전용 매장을 방문한 적이 있다. 30년 넘게 결혼기념일을 제대로 챙긴 적이 없던 터였는데, 하필 그날은 '이번에도 잊고 넘어가면 난리가 날지 모른다'는 생각이 들어서, 면피용으로 작은 소품 하나라도 사려고 용기를 내서 매장 앞에 섰다. 회전문을 열고 딱 들어가면 되는데, 사실 머리가 희끗한 중년 사내가 여성 속옷을 파는 곳에 당당히 들어가기는 참 어렵지 않은가.

　한 10여 분을 망설였을까, 입구에서 주저하는 모습을 보았는지 안쪽에서 누군가 손짓한다. 눈길을 주니 일흔 살은 족히 넘었음 직한 백발의 여인이다. 아마 그때 모델처럼 예쁘게 생긴 젊은 여성이 손짓했더라면 난 눈도 마주치지 못하고 도망쳤으리라.

거짓말처럼 그 시니어 점원에게 이끌려 가게를 한 바퀴 돌았다. 영어라고는 '서바이벌 잉글리시' 수준만 구사하는 한국인 관광객을 그 흰머리 아가씨(?)는 정말 편하게 대해주었다.

마음이 편하면 입이 트이는 법. 이런저런 이야기를 나누다가 실례가 될지 모르지만 "그 연세에 젊은 여성들이 애용하는 브랜드 점포에서 일하는 것이 너무 신기하다"고 말했더니 돌아온 답변이 놀라웠다.

본인이 이 가게의 '톱 세일즈 클러크(Top sales clerk)', 우리말로 하면 '판매왕'이란다. '워킹실버(Working silver)'의 이야기야 여러 차례 들은 바 있고 게다가 미국이니 뭐 70대 노인이 일하는 건 자연스러운 것이지만 매출 1등 점원이라니!

그녀의 성공 비결을 알게 되기까지는 그리 오래 시간이 걸리지 않았다. 젊은 여성 손님이 오면 이 시니어 점원은 할머니가 손녀를 대하듯 한다. 속옷 사이즈와 유행, 몸매에 맞는 제품을 추천하는 데 전혀 거리낌이 없고 눈치를 살피지도 않는다. 때로는 이성이 했더라면 성추행에 해당될 것 같은 은밀한 부분의 터치도 서슴없이 감행(?)한다. 심지어 약간의 주책과 같은 행동에도 고객들은 이를 순순히 받아들이는 것 아닌가. 그 어느 점원보다도 편안한 상황에서 구매를 흔쾌히 결정하는 사람들의 반응도 신기했다.

그때 느꼈다.

그래, 실버 인력은 원래 고급 인력이었구나.

어색한 분위기를 이토록 순식간에 부드럽게 만들고, 아무도 거부감을 느낄 필요가 없는 세일즈 프로모션을 행할 수 있다는 것은 오로지 나이에 걸맞은 풍부하고 다양한 경험과 끊임없는 자기개발 덕분 아닐까.

인생 100세 시대를 야구 경기에 비교하면 이제 겨우 6회말이나 7회초, 한창 게임이 무르익을 때인데 벌써 은퇴해 단순한 경비업무나 청소인력, 보조적인 일밖에는 하지 못하는 것이 슬프지만 인정할 수밖에 없는 우리의 현실이다.

요즘 들어 우리나라 명동에도 아주 가끔 나이 지긋한 관광가이드가 보이긴 하지만 이 소중한 고급 인력을 아직 우리는 제대로 활용하지 못하고 있다.

외국의 관광산업 박람회나 전시회 그리고 세미나를 다녀보면 나이 지긋한 종사자가 얼마나 많은지, 그리고 그들이 얼마나 일을 매끄럽게 처리하는지 직접 보게 되는 경우가 많다. 그리고 그것을 바라만 보고 있을 때의 부러움이란...

'은빛'을 내며 일한다는 것. 다이아몬드처럼 화려한 빛이 나지 않지만 은은하고 수수한 빛으로 주변의 모두를 포용할 수 있다는 것. 자신이 빛나지 않고 남을 더욱 빛나게 해주는 존재. 그것이 워킹실버의 바람직한 모습이 아닐까 싶다.

　당장 내년에라도 유머 넘치고 인자하고 경험이 많은 흰머리의 관광가이드가 고객을 편안히 모시고 해외에 다녀오는 모습을 보고 싶다. 액티브 실버여 분발하고 도전하시라.

2016.11.21

비행기 안에서
영화보기

  스마트폰으로 대표되는 모바일 유비쿼터스 시대는 많은 이에게 편리함을 선사하지만 또 어떤 이에게는 소소한 즐거움을 빼앗고 있기도 하다. 그 즐거움 중 대표적인 하나가 '극장에 가서 마음 놓고 영화 보기'다.

  적어도 2시간 동안 스마트폰을 볼 수 없는 상황이라니, 이거 요즘 상당히 어렵다. 휴대폰을 무음으로 해놓아도 아예 전원을 꺼놓지 않는 이상 옆자리 관객들에게는 민폐일 수밖에 없다. 잦은 돌발상황에 처하는 직업 특성상 전화를 마음 편히 꺼놓을 수도 없어서 어느 순간부터는 아예 극장 가는 것을 포기하고 말았다.

  그런데 비행기 안은 상황이 다르다.

  목적지 공항에 닿을 때까지는 완벽히 업무로부터 해방된 시공간을 부여받는다. 아무에게도 방해받지 않을 수 있는 온전한 몇 시간, 이럴 때는 당연히(?) 영화를 봐야 한다. 실제로 해외여행의 시작을 감미롭게 해주는 요소 중 하나가 '비행기 안에서 영화 보기'가 아닐까 싶다.

무료함을 달래기 위해 무심코 보았던 기내 VOD 영화 한 편이 여행 일정 내내 한 폭의 풍경화같이 머릿속에 남았던 기억, 누구에게나 한 번쯤은 있으리라.

물론 좋은 영화라는 기준은 개인의 취향과 감상 타이밍에 따라 호불호가 갈리기 마련이다. 때로는 머리 복잡하지 않은 시원한 액션 블록버스터가 좋을 때가 있겠고, 어떤 때는 차분하게 인생을 되돌아보는 영화가 마음에 들기도 한다. 요즘은 비행기가 좋아져서 자체 VOD 서비스도 꽤 많은 영화 선택이 가능하게 되어 있고, 그 리스트를 출국 전 확인할 수도 있다.

대한항공은 '비욘드'라는 기내지 사이트를 통해서 볼 수 있고, 아시아나항공은 아예 자체 홈페이지에 기내영화 목록을 올려놓았다. 만약 상영작이 마음에 들지 않는다면 조금 번거롭기는 하지만 스마트폰이나 태블릿에 영화 몇 편 넣어 가면 된다.

지극히 개인적인 취향을 기준으로 여행의 시작을 더욱 설레게 해주는 영화 몇 편을 추천한다.

◆ 왕을 위한 홀로그램 (A Hologram For The King, 2016)
얼마 전 파리 출장길, 에어프랑스 기내에서 본 영화. 파트리크 쥐스킨트 원작의 '향수-어느 살인자의 이야기' 감독으로 잘 알려진 톰 티크베어 감독 작품이다. 톰 행크스와 알렉산더 블랙이 주연을 맡았는데 검증된 배우의 명연기에 매료되어 97분을 몰입할 준비가 되었다면, 그리고 중년의 사랑이 어디까지 아름다울 수 있는지 궁금하다면 보아도 좋다.

◆ 맨 프럼 어스 (The Man From Earth, 2007)
감독도 배우도 전혀 유명하지 않다. 특수효과도 없고 그 흔한 자동차 추격이나 총격전 같은 액션도 전혀 없다. 하지만 영화 후반부 소리 없이 다가오는 엄청난 반전이 주는 전율이란. 절대 미리 줄거리를 듣고 나서 보면 안 되는 영화다.

◆ 인생은 아름다워 (La Vita E Bella, 1997)
감동을 받고 싶다. 펑펑 울고 싶기도 하고 흐뭇하게 웃고 싶기도 하다. 여기에 아름다운 이탈리아의 목가적 풍경까지 더해진다면 금상첨화. 이탈리아의 명감독 로베르토 베니니가 감독과 주연을 모두 맡은 작품. 영화평 만점으로 별 5개밖에 줄 수 없다는 것이 안타깝게 느껴지는 최고의 영화.

◆ 디파티드 (The Departed, 2006)
완벽한 킬링타임용 영화. 홍콩영화 '무간도'를 할리우드에서 리메이크한 작품이다. 리어나도 디캐프리오와 맷 데이먼, 잭 니콜슨만 보고 있어도 151분이 그냥 지나간다. 만약 비행시

간이 10시간 이상이라면 오리지널 작품인 '무간도'를 이어서
보는 것도 좋은 선택이다.

아! 마지막 잔소리 하나. 아무리 비행 시간이 길더라도 영화는
2편 정도에서 마무리하는 것이 좋다. 잠도 적당히 자둬야 쾌적한
여행이 시작될 테니 말이다.

2016.11.07

가이드와
잘 지내는 법

여행의 꽃은 '가이드'다.

가이드는 여행객 전체의 편안한 일정을 책임지는 안내자면서 돌발 상황에서는 빠르고 정확한 조치로 일행의 안전을 담보해야 하는 여행의 리더이기도 하다. 마음에 맞는 가이드를 만나는 것은 여행 일정 내내 쾌청한 날씨를 만나는 것만큼이나 행운이다.

실제 여행사 홈페이지 고객의 여행 후기에도 이 가이드에 관한 글이 반수가 넘는다. 너무 잘 다녀왔다는 칭찬은 물론 아쉬움을 토로한 불만의 글도 가끔 눈에 띈다.

재미난 것은 한 명의 가이드에 대해서도 같이 간 동행자들의 평가가 극단으로 갈리는 경우가 있다는 점이다. 어찌 보면 사람의 좋고 나쁜 기준이 지극히 주관적인 것이기 때문에 당연한 결과일지도 모른다. 그런 면에서 사실 좋은 가이드는 매너 있는 고객이 만드는지도 모른다. 조금 과장되게 말해서 여행의 성패를 결정하는 중요한 요소라 할 수 있는 가이드와 잘 지내는 비결은 없을까. 경험에서 우러나온 팁 몇 가지를 귀띔해 드린다.

첫째, 가이드는 경험 많은 여행의 조언자요, 선배라고 생각하자. 돈을 내고 고용했으니 가이드를 단순한 심부름꾼이라 생각하는 분들이 있다. 여행의 안전과 재미를 책임지는 든든한 팀의 리더로 인정하고 가이드를 바라보는 순간 가이드 역시 고객에게 아낌없이 마음을 열 것이다.

둘째, 기싸움은 백해무익하다. '내가 누군데'식의 생각은 바람직하지 않다. 해외여행을 다니는 사람들은 사회 경제적 지위가 상당한 이도 많다. 가이드는 이런 사람들만 10년 이상 '모신' 베테랑들이다. '내가 누군데 감히'라는 식의 본인 지위를 과시하는 듯한 말과 표현은 오히려 역효과만 초래한다. 모두가 즐겁기 위해 여행을 온 것이지, 신분을 과시하기 위해 온 것은 아니지 않은가. 즐거운 해외여행에서는 초반 기선 제압 같은 건 전혀 필요하지 않다.

셋째, 사소한 배려가 감동을 준다. 음료수 한 캔, 작은 사탕 한 조각에 사람 마음은 의외로 잘 움직인다. 가이드는 때로 돌발 상황이 생기면 식사를 건너뛰는 일도 많다. 식당에서 분주히 움직이는 가이드를 본다면 "어서 식사하세요"라고 한마디 건네어 보자.

넷째, 교감하는 리액션이 필요하다. 가이드는 이동 중 안내 멘트를 준비하는 데 가장 많은 신경을 쓴다. 원래 달변가라면 문제없겠지만 직업적 노력을 통해서 멘트를 어렵사리 완성시키는 경우도 많다. 좀 자고 싶은데 계속 떠든다고 창밖만 바라보며 눈살을 찌푸릴 것이 아니라 가끔은 가이드와 눈도 마주치고 살짝 미소를 짓거나 고개를 끄덕여주자. 특히 멘트 중 양쪽 귀에 이어폰을 꽂고 있는 것은 비매너이기도 하거니와 만약 안전에 관한 사항이나 반드시 숙지해야 할 내용에 대해 안내라도 했다면 본인만 못 들은 것이 되므로 일행에게도 민폐다.

다섯째, 특별한 상황이 있다면 여행 첫날 저녁에 얘기해둔다. 개인적으로 배려를 받아야 하는 상황(채식주의자, 알레르기 등)이 있어 가이드에게 알려야 한다면 첫날 저녁이 좋다. 일정을 모두 마치고 호텔 체크인 전, 방 배정이 끝난 후 가이드에게 일러준다면 센스 있는 고객이 될 것이다.

여섯째, 다른 고객들에게 '아주 조금만' 양보하면 여행이 두 배 즐거워질 수 있다. 장거리 여행에서 보통 버스 좌석은 번갈아가며 앉는 경우가 많은데 이때 연배가 있어서 멀미가 심한 분에게 맨 앞자리를 양보하면 일행 전체 분위기가 훈훈해진다.

무사히, 그리고 만족스럽게 여행이 끝났다면 마지막으로 가이드에게 선물을 하나 하자.

"우리 8명의 동창여행객이 잊지 못할 추억에 마지막 눈물까지 흘리게 한 윤○○ 가이드 님에게 감사의 글을 올려봅니다. 언제나 건강하시고 얼굴관리 잘해서 계속 꽃미남으로 사랑 많이 받는 ○○씨 되세요."

(2016년 10월 20일, 참좋은여행 고객의소리 게시판)

고객의 칭찬 후기는 가이드가 고객에게 받을 수 있는 최고의 선물이다.

2016.10.24

사라져버린
효도관광에
대하여

'효도관광'이 사라졌다. 십여 년 전만 해도 해외여행의 대명사는 효도관광이었다. 평생 자식 키우느라 고생하신 부모님, 아직 움직일 여력이 있으실 때 동남아시아라도 한번 보내드리는 것이 자식 된 도리이자 트렌드였기 때문이다. 그런데 이 효도관광이 사라졌다니, 갑자기 대한민국의 모든 아들딸들이 불효자라도 되었다는 말인가? 그렇지는 않다. 아직 일선 여행사에는 부모님의 여행경비를 자식들이 뜻을 모아 충당하는 경우가 많고, 고령의 부모님을 모시고 3대가 함께 여행을 떠나는 가족도 드물지 않게 보인다. 그럼 효자들은 남았는데 효도관광만 사라진 것일까?

정확히 말하면 효도관광이 사라진 것이 아니라 그 '표현'이 사라졌다고 보는 것이다. 이제 여행사 홈페이지나 신문광고를 봐도 효도관광이라는 단어는 찾아보기 힘들다. 이 표현이 사라진 이유는 간단하다. 효도관광의 대상이었던 60·70대들의 "아직 노인네

취급받기 싫다"는 의식이 강하게 작용했기 때문이다.

건강관리의 중요성이 부각되고 그에 따른 관심이 높아지면서 요즘 노년층 중에는 신체나이가 40대에 버금가는 분도 꽤 많다. 이왕 해외여행 떠나는 것, 젊은 사람들이랑 함께 일정을 하는 것이 즐겁지 '어르신'들만 특별히 모시는 효도관광을 선택하고 싶지 않은 것은 어쩌면 당연할지 모른다. 여기에 저가 덤핑 상품을 효도관광의 이름으로 포장해서 판매했던 몇몇 여행사의 비뚤어진 상흔도 한몫을 했다. 같은 이유로, 한때 상당히 발전 가능성이 있다던 '실버 관련 산업'도 '실버'라는 이름을 전면에 내세운 경우는 큰 성공을 거두지 못하고 있다. 실제 실버 관련 산업의 규모는 커지고 있지만, 이렇게 세대를 구분지어버리는 '은색 브랜드'는 아직 우리나라에 정착하지 못했다.

여기서 여행사의 고민은 시작된다. 효도관광은 사라졌지만, 해외여행을 떠나고자 하는 고령 인구는 줄지 않았다. 줄기는커녕 여행의 대세를 이루어 갈 만큼 늘어나고 있다. 당당한 경제력을 갖춘 은퇴자들은 해마다 지역과 코스를 바꾸어가며 나들이삼아 해외 여행길에 오른다. 결코 포기할 수 없는, 아니 어쩌면 여행사의 가장 중요한 고객인 이 세대들을 위한 새로운 맞춤형 여행상품이 필요한 때가 온 것이다. 정말 좋은 여행은 고객의 필요에 따라 발전하고 만들어지는 것이기 때문이다.

연전에 미스터리 쇼퍼로 회사의 유럽 패키지여행 상품을 몇 번 다녀오면서 새로운 형태의 여행상품이 필요하다는 것을 몸소 느낀 바 있다. '볼 것도 너무 많고 할 것도 너무 많지만, 일정도 너무 바쁘다'는 이유였다. 새벽부터 짐을 챙겨 이동하고 관광하고 또 이동하고 관광하고, 버스에서 우르르 내려 사진만 찍고 돌아가는 여행이 아닌, 때로는 노천 레스토랑에서 여유 있게 에스프레소도 마시고 여행 며칠째는 푹 늦잠도 자는 그런 여행 말이다.

브랜드도 생각해 놓았다. '안단테 여행'. 음악용어로 '걷는 정도의 빠르기'를 뜻하는 안단테(Andante)가 새로운 형태의 여유로운 여행에 안성맞춤이라고 생각했다. 기억하는 분이 계실지 모르지만 올봄, 이 칼럼을 잠시 마무리하며 '이런 여행 어디 없을까요?'라는 제목으로 제안한 여행이기도 하다. 당시 '아직 구상단계에 있으니 누구라도 자신 있으면 먼저 만들어보라'고 했던 여행인데 다행히 아직 대한민국에 안단테 여행을 파는 여행사는 나오지 않았다.

반년 만에 다시 칼럼을 시작하며, 지면을 통해 보고 드린다. 기존 패키지여행의 틀을 어느 정도 느슨히 한, 바쁘지 않으면서 여유를 느낄 수 있는 여행. 사라져버린 효도관광을 대신할 편안한 진짜 여행이 이르면 이번겨울, 늦어도 내년 초에는 나오게 될 것이다. 기대해주셔도 좋다.

2016.10.10

이런 여행
어디 없을까요?

　　지난해 6월부터 매주 써왔던 '한입 여행 레시피'를 이번 회를 끝으로 마무리하게 되었다. 일반 독자들이 알기 힘든 여행 전문가의 팁이나 여행업에 종사하면서 알게 된 여행 비법 같은 것을 쉽게 전달하고 싶었는데 그 의도가 제대로 실현되었는지 모르겠다.

　　칼럼의 마지막 주제는 여행 기업을 경영하면서 언젠가는 꼭 한 번 만들고 싶었던 여행에 관한 이야기다. 여행 상품은 아이디어만 있다고 쉽게 만들어지지 않는다. 시장 상황과 소비자 욕구가 적절히 맞아 제대로 된 여행 상품이 나오는 것이고 이것이 팔리면서 베스트셀러나 히트상품이 된다. 그러나 여행상품의 수많은 변수 중에서 어느 하나만 어긋나도 시장에서 외면받기 마련이다.

　　아직 구상 단계에 있는 여행이지만 언젠가는 이 같은 여행들이 각광받을 것으로 생각한다. 이 글을 읽고 누군가 먼저 여행상품을 만들어 팔지도 모르겠다. 뭐 그럼 어떤가. 좋은 여행이 만들어지는 것이니 환영할 만한 일이다.

첫 번째로 느리게 걷는 '안단테 여행'을 제안한다.

지금 우리나라에서 가장 인기 있는 유럽여행은 '프스이오독 10일'이다. 프랑스, 스위스, 이탈리아, 오스트리아, 독일을 단 열흘 만에 찍고 돌아오는 일정인데, 언제 다시 와볼지 모르니 최대한 많은 곳을 봐야 한다는 심정을 이해하더라도 너무 일정이 빠듯하다. 안단테 여행은 여유로운 여행이다. '사람 걸음의 빠르기'라는 뜻처럼 하루에 한 도시, 많으면 두 도시 정도 보고 노천카페에 앉아 커피도 한잔 마시며 현지인처럼 마음껏 즐기는 여행. 열흘 중 하루는 아침 10시에 모이도록 해서 늦잠도 늘어지게 자볼 수 있는 여행, 그런 여행을 만들고 싶다.

두 번째로 자전거로 알프스를 넘는 여행을 만들고 싶다.

트레커의 로망이 800㎞에 달하는 스페인 산티아고 도보 순례길이라면, 자전거 라이더의 로망은 알프스를 자전거로 넘는 것이다. 이미 여러 사람이 성공한 바 있어 전혀 새로운 여행은 아니지만, 이 특별한 여행을 대중화시키고 싶은 마음이다. 여행 경비는 조금 오르겠지만 공항에서부터 에스코트하는 차가 따라다니며 안전과 만일의 사태를 대비하고, 알프스 산맥에 들어서면서부터 오로지 사람 힘으로만 그곳에 올라 장엄한 만년설의 풍경을 즐긴다는 것. 평생 한번은 도전해볼 만큼 꽤 낭만적이지 않은가.

세 번째로는 동갑내기 여행.

실버여행이나 키즈투어처럼 특정한 연령대를 대상으로 하는 여행은 이미 시도된 바 있지만 딱 동갑내기들만 모아서 떠나는 여행이 나온 적은 없다. 동갑내기 투어의 장점은 일단 모인 사람들 모두가 아주 빠르게 친해질 수 있다는 것. 여행이 주는 '자유'보다는 여행을 통해서 새로운 인연을 만나고 그 속에서 새로운 세계를 발견하고 색다른 기쁨을 느끼고 싶은 그런 사람들끼리 모이는 것이다. 가이드도 동갑으로 배치하면 금상첨화다. 엉뚱한 상상이지만 동갑내기 여행의 첫 멘트는 "우리 모두 말 놓자"가 될 수도 있겠다.

네 번째는 '나만의 보물찾기 여행'도 있다.

이 여행은 여러 목적을 가진 사람들이 항공과 숙소를 공유하면서 현지 일정은 각자 자유롭게 하는 여행이다. 대신 매일 저녁 한자리에 모여 오늘 다녀온 여행에 대해 이야기하고 내일 하게 될 여행의 주제를 나눈다. 이 과정에서 마음이 맞는 사람들끼리 일행이 될 수도 있고, 다른 사람의 여행 경험을 참고 삼아 자기 일정을 수정하기도 하는 것. 요즘 유행하는 일종의 컬래버레이션이라고 보면 된다. 내 정보만으로는 보이지 않던 보물들이 다른 사람 눈을 통해 보이게 되는 여행이다.

   1년 가까이 써왔던 글 모음의 마무리가 '아직 만들지 못한 여행'이라는 것은 필자의 이후 삶에도 꽤 큰 의미를 준다. 오늘 소개한 4개 여행은 이 글을 읽는 여러분에게 드리는 마지막 선물로 생각해주시면 좋겠다. 어떤가, 이런 여행. 구미가 당기는 분은 직접 한번 만들어보시는 것도 괜찮지 않을까.

2016.03.28

청개구리 여행을
아세요?

어릴 적 말 안 듣고 말썽만 피우며 반대로 행동하는 아이들을 '청개구리'라고 표현했다. 몸집에 비해 목소리가 좀 크다는 죄(?)로 말을 안 듣는 상징이 되어버린 청개구리로서는 조금 억울할 만도 한데, 사실 외국여행객 중에도 이런 청개구리 스타일의 행동을 보이는 분들이 간혹 있다.

위험하니 그쪽으로 가지 말라고 하면 무슨 수를 써서라도 한번 가보고서야 직성이 풀리는 분들, 이러이러한 물건은 좋지 않으니 구입하지 말라고 해도, 또 어떻게 아셨는지 그것만 사서는 나중에 환불 또는 교환을 요구하는 분들, 최근에는 정부 정책으로 동남아 북한 식당 출입을 자제해 달라고 했는데도, 그러면 일부러라도 가야 한다며 가이드에게 북한 식당에 데려 달라고 요구하는 분들도 있다.

보통 이런 청개구리 여행 스타일은 외국여행이 처음인 초보보다는 서너 번 이상 해 본 베테랑 여행객들한테 더 많이 나타나고, 여성보단 남성, 젊은 친구들보다는 나이 드신 분들 사이에서 자주 보인다.

여행사 측으로서는 '안전한 여행 마무리'가 최우선이니 아무리 고객들이 반대 행동을 하더라도 제대로 이끌어줘야 할 임무가 있는데, 이미 여행에 관해서만큼은 '청개구리' 유전자를 갖고 계신 분들이라 이게 여간 어려운 것이 아니다.

이때 가장 효과적으로 이분들을 말릴 수 있는 사람은 바로 그분이 속해 있는 '일행'이다. 여행을 함께 시작한 가족들이나 친구들, 일정을 같이 하는 일행이 이분들 청개구리 행동을 제지해주어야 하는 것이다. 그렇지 못하면 그 피해는 그 여행객이 속한 팀 전체 행사가 어긋나는 지경까지 미치기도 한다.

안전을 위한 가이드의 안내나 요청에 따르지 않고 내키는 대로 하고만 싶으면 굳이 여행사 도움을 받을 필요가 없다. 외국에서는 아주 사소한 행동 하나라도 문화적·관습적 차이로 인해 큰 오해를 불러일으킬 수 있으므로 전문가 의견을 따르는 것이 안전하다.

식견이 좁고 널리 볼 줄 모르는 사람을 우리는 '우물 안 개구리(井中之蛙)'라 부르기도 한다. 여행길에서 청개구리 같은 행동은 보다 넓은 세계를 보고 식견을 넓힐 수 있는 기회를 스스로 포기하는 우물 안 개구리와 같은 행동이기도 하다.

단체여행은 공동구매 효과로 인해 여행상품을 저렴하게 이용할 수 있고, 전문 인솔자와 가이드의 안내를 따르므로 안전하고 효율적이라는 장점이 있다. 하지만 남들과 함께 움직여야 하므로 자유일정이 부족하다는 단점도 감수해야만 한다.

때로는 이 단점이 장점, 아니 잊을 수 없는 여행의 추억으로 승화할 때도 있다. 바로 전체 팀이 한마음 한뜻이 되어 완벽하고 조화롭게 일정을 마쳤을 때가 바로 그렇다. 30명 넘는 일행이 좋은 리더의 안내에 따라 단 한 명의 청개구리도 없이 서로 배려하고 매너를 지키며 마친 여행은 정말 나도 모르게 박수가 나올 만큼 감동적이기도 하다.

기쁨은 나누면 두 배가 된다고 하지 않던가. 여행의 즐거움 역시 혼자보다는 내 일행, 그리고 함께 길을 걸어간 여럿과 함께 느낄 때 몇 배가 되는 것이 사실이다. 여행이 두 배로 즐거워지는 여행의 기술은 바로 이런 것이다.

2016.03.21

여행사가
자주하는
세 가지 실수

재작년 9월 다니엘 사피트라는 케냐인이 강원도 평창에서 열리는 국제회의 참석을 위해 나이로비공항을 출발했다. 하지만 베이징을 경유한 그 비행기가 도착한 곳은 평창이 아니라 평양 순안공항. 여행사 직원이 평창(Pyongchang)에 가려 한다는 사피트의 요청을 듣고 철자가 거의 비슷한 평양(Pyongyang)으로 발권해 버렸던 것이다. 결국 사피트는 벌금 500달러를 내고 베이징으로 돌아가 다시 서울로 입국해야만 했다.

남의 이야기에 지난 일이니 이렇게 편하게 얘기할 수 있을지 몰라도 낯선 땅에 도착해 공포에 떨었을 사피트의 입장이 되어 보면 웃을 만한 일은 아니다. 사람이 하는 일에는 어느 정도 실수가 따르기 마련이지만 작은 실수 하나가 무시무시한 결과를 초래할 수 있는 업종이 바로 여행업이다. 필자가 몸담고 있는 여행사도 이같은 실수를 없애기 위해 여러 가지 방안을 강구하고 있는데 '불량률 제로'는 사실 쉽지 않다. 여행사가 비교적 자주 저지르게 되는 대표적인 세 가지 실수를 소개해볼까 한다. 이해해 달라는 이야기는 아니고, 이 세 가지를 미리 알고 한번 더 확인한다면 큰 낭패를 볼 일이 줄어들지 않을까 싶어서다.

첫 번째 가장 자주 하는 실수가 고객의 영문 이름을 틀리게 기재하는 것이다. 고객 여권에 있는 영문 이름과 항공권에 있는 이름의 철자는 정확히 일치해야만 한다. 비행기 좌석에 여유가 있는 날이면 항공사에서도 실수라 생각해 고쳐주지만 마침 만석이 됐을 때는 가차 없이 다른 고객으로 간주되어 탑승하지 못 한다. 고객이 자신의 여권 사본을 여행사에 제출한 상태라면 이는 100% 여행사 잘못이며, 문제 해결을 위한 비용도 모두 여행사에서 부담하는 것이 맞다. 하지만 이미 날아가 버린 시간은 다시 돌아오지 않는다. 만에 하나 생길 수 있는 불상사를 방지하기 위해 이메일 항공권을 받자마자 여권 영문 이름과 동일한지 확인해볼 필요가 있다.

두 번째 실수는 여행 시간이나 일정에 대해 안내를 잘못하는 것이다. 가이드가 있는 패키지여행은 좀 덜하지만 항공권과 숙박권, 티켓만 제공하는 자유여행에서 간혹 일어나는 일이다. 특히 자정을 넘어 떠나는 새벽 비행기일 때 '13일 00시 20분' 식으로 날짜를 안내하면 십중팔구 혼동이 오기 때문에 '목요일 늦은 밤'이라는 식으로 외워두는 것이 좋다. 최소 출발 사흘 전에 정확한 출발

시간을 담당자와 재확인하는 과정이 필요하다.

　세 번째는 고객이 분명히 요청했음에도 그 요청사항이 잘 전달되지 않는 예가 있다. 기내식을 유아식으로 요청한 것을 빼먹는다든지, 고객에게 전달되었어야 할 티켓이나 숙박권, 패스 등이 담당자 실수로 전달되지 못한 경우다. 자유여행에서는 아주 가끔 현지 호텔에 예약이 들어가 있지 않아 노숙을 할 위기에 처하기도 한다. 이때는 당황하지 말고 먼저 자비로 처리한 후 여행사에 실비 보상을 청구하면 된다.

　이 같은 실수가 아예 없는 여행사가 가장 좋은 여행사겠지만 그것이 어렵다면 피치 못할 실수가 생겼을 때 고객이 당황하지 않도록 빠르고 안정적으로 대처할 수 있는 여행사가 믿을 만한 여행사라 할 수 있다. 여행업 경력도 어느 정도 되어야 하고, 안정적인 매출 규모와 고객 서비스 전담 조직을 갖춘 여행사라면 실수 빈도도 적고, 실수가 생겼을 때 기민하게 대처할 수 있다.
　어찌 보면 일생에 한 번이 될지 모르는 여행의 파트너로 삼기 가장 좋은 여행사는 '값이 싼 여행사'나 '규모를 자랑하며 대규모로 여행상품을 파는 여행사'가 아니라 '꼼꼼하고 실수 없는 여행사'가 될 수도 있을 것이다.

2016.03.07

여행사 직원들은
무슨 일을
할까?

　　이제 곧 3월, 바야흐로 채용 시즌이다. 필자의 회사도 반기마다 신입사원을 뽑고 있는데, 면접장에 들어갈 때마다 16년 만에 최고치라는 청년실업의 심각함을 몸으로 느끼게 된다. 지원자 경쟁률은 평균 20대 1. 토익 고득점자는 물론이고 외국에서 2~3년씩 공부하고 온 유학파도 꽤 된다. 이 많은 지원자 중에서 실제 회사에 필요한 인재를 골라내는 것은 그리 간단한 일이 아니다. 여행사에서 필요로 하는 사람의 조건은 의외로 까다롭다.

　　먼저 선천적인 서비스 마인드가 있어야 한다.
　　고객이 여행사로 전화를 한다는 것은 여행 계획이 있다는 얘기이고, 이는 '행복해질 준비가 된' 상태라는 말이 된다. 여행사 직원은 이 행복할 준비가 된 고객과 소통하며 계획을 잡고 호흡을 맞춰 최상의 여행을 만들어주는 것이 임무다. 이를 위해서는 말

없이 차분한 성격보다는 '조증(躁症)'에 가까울 정도로 밝고 유쾌한 성격이 고객과 본인에게 모두 좋다.

두 번째로는 꼼꼼한 성격이어야 한다.

해외여행에는 의외로 많은 서류와 예약 과정이 필요하다. 극단적인 경우 고객의 영문 이름 스펠링 한 글자가 틀려서 아예 출국을 못하게 되는 불상사가 일어나기도 한다. 때문에 정확한 일처리와 실수 없는 꼼꼼함은 여행사 직원이 갖춰야 할 필수 요소다.

세 번째, 순간 판단력이 빨라야 하고 정확해야 한다.

해외여행에는 많은 변수와 돌발상황이 발생한다. 이때 빠르게 문제를 조치해 고객이 불편함을 느끼지 않도록 하는 것이 필요한데 이를 위해서는 기본적인 서비스 마인드와 자기 일에 대한 자신감을 갖는 것이 필수다. 여행사 잘못이 아니라고 어물쩍거리다가는 고객 불편은 점점 커지고 이는 결국 여행을 망치게 되기 때문이다. 필자의 회사도 고객 불편사항과 관련된 일은 비용이 얼마가 들더라도 '선조치 후보고' 원칙을 지키고 있다.

마지막으로 강한 체력이 요구된다.

요즘에는 업무처리 시스템이 발전해서 예전처럼 성수기 시즌의 잦은 야근은 거의 사라졌지만 그래도 '사람을 상대하는 일'이 대부분인 여행사 직원이 하는 일은 강도가 꽤 세다. 하루 수십 통의 상담 전화를 처리해야 하는 날도 있고, 일주일 동안 해외여행 인솔을 다녀온 후 바로 출근해야 하는 일도 생길 수 있다. 이를 버텨내기 위한 체력 역시 필수 요소다.

사실 여행업은 '서비스업의 최전선'이라 할 만큼 많은 일이 몰려 있는 업종이다. 고객의 여행을 전화와 인터넷으로 상담해주는 것은 기본. 현지 호텔 및 협력사와 수시로 소통해야 하고, 좋은 시즌의 항공 좌석을 잡기 위해 항공사도 드나들어야 하며 때로는 현지에 출장을 가서 고객이 만족할 수 있는 코스를 개발하기도 한다. 상당한 수준의 지식과 긍정적인 마인드가 없다면 오래 버티지 못하는 직업이 여행업이기도 하다.

재미있는 것은 이 같은 어려운 조건들을 갖추는 것이 소위 말하는 '스펙'으로 결정되지는 않는다는 점이다. 명문대 간판이나 화려한 이력보다는 새로운 일에 적응해 나갈 수 있는 끈기와 자신을 꾸준히 바꿔가는 열린 자세가 더 중요하다. 포기해야만 하는 것이 많아 '5포, 7포' 세대라 불리는 젊은 세대들에게 감히 한마디 드린다.

"포기하지 마십시오. 바로 내일, 당신의 자리가 생길 수도 있습니다."

2016.02.29

바람 때문에
비행기가
느려진다고?

　　수백 톤짜리 육중한 쇳덩이가 무시무시한 속도로 땅을 박차고 튀어 오른다. 비행기 안에서 그 이륙 과정의 힘찬 진동을 느낄 때마다 참 신기하다. 추력이 어떻고 양력이 어떻다는 이론은 잠시 접어두더라도 그저 이 엄청난 쇳덩이가 날아오른다는 것이 경이로울 뿐이다.

　　그런데 이 거침없는 쇳덩이가 바람 영향을 받는다니, 그것도 아주 심하게 받는다니 이 또한 놀라운 사실이다.

　　지난 10일 영국 가디언지는 '기후변화로 인해 제트기류가 빨라짐에 따라 항공기 비행시간이 평균 1분18초 더 소요되고, 연간 약 263억원에 달하는 연료비가 더 들게 되었다'는 연구 결과를 보도했다. 영국 레딩대학 대기과학자인 폴 윌리엄스 박사가 40년에 걸쳐 분석한 결과란다.

　　연구진은 런던 히스로 공항과 뉴욕 JFK공항을 오가는 130만

개 비행노선들을 분석했는데, 그 결과 제트기류 순방향인 뉴욕~
런던 간 비행시간은 평균 4분 빨라졌고, 반대로 역방향인 런던~
뉴욕 간 비행시간은 5분18초 더 걸리는 것으로 나타났다. 연간 약
2000시간이 더 소요되는 셈인데 이로 인해 이산화탄소도 7000만
kg 더 발생한다고 한다.

지구에 바람이 부는 것은, 지구상 모든 곳의 환경이 다르기 때
문이다. 햇볕을 많이 받는 곳은 고기압이 형성되어 공기가 위로
떠오르고, 적게 받는 곳은 저기압이 생겨 공기가 가라앉는다. 고
기압이 형성된 곳은 새로운 공기를 찾게 되고 저기압 쪽 공기는
그 빈자리를 채워나간다. 이런 공기 순환이 바람이 되는 것이다.

자연적으로 생기는 이 많은 바람 중에서 비행기 운항에 결정적
인 영향을 주는 것이 앞서 말한 제트기류다. '제트기(Jet Plane)'처럼
빠르다는 이유에서 그 이름이 붙었는데, 최대 풍속이 초속 100m
나 된다. 2003년 9월 우리나라에 엄청난 피해를 입힌 태풍 매미
최대 풍속이 겨우 초속 41m였다고 하니, 실로 엄청난 규모다.

이렇게 큰 힘을 가진 제트기류가 비행기 한 대를 움직이는 건
쉬운 일이다. 제트기류는 보통 서쪽에서 동쪽으로 움직인다. 그
래서 인천에서 일본이나 미주, 괌, 하와이 등 동쪽으로 갈 때가 올
때보다 비행시간이 더 짧다. 반대로 유럽이나 중동 지역은 귀국할
때가 시간이 덜 걸린다.

제트기류는 보통 겨울에 왕성해지는데, 바로 이 제트기류 때문
에 겨울에 '삼한사온'이라는 말이 생기기도 했다. 겨울이지만 나

름 따뜻할 때는 제트기류가 강하게 불어 마치 커튼을 친 듯 북쪽 찬 공기가 한반도까지 내려오지 못한다. 너무 강한 바람이기 때문에 공기까지 갈라놓는 것이다. 반면에 이가 시릴 정도로 추울 때는 제트기류가 약해진 때로, 커튼이 느슨하게 쳐져 있어 북극 찬 공기가 한반도까지 은근슬쩍 내려와 있다고 보면 된다.

자연의 힘은 우리가 상상하는 것보다 훨씬 더 크다. 그런데 그 거대한 힘을 거슬러 하늘로 솟아오르는 무지막지한 쇳덩이, 어찌 놀랍지 않겠는가.

2016.02.22

세상에서
가장 비싼
담배 한 모금

"폐암 하나 주세요. 뇌졸중 두 갑이요."

가끔 TV에서 나오는 광고인데 볼 때마다 흠칫 놀란다. 한
국 방송 역사상 가장 강력한 광고가 아닐까 싶다. 참았던 담배 한
모금을 즐기고 싶은 애연가의 욕구를 모르는 바 아니지만 절대 그
기쁨을 누리지 말아야 할 곳이 있다. 바로 비행기 안이다. 장시간
의 비행을 도저히 참지 못하고 화장실에서 아무도 모르게 잠깐 한
모금 하다가 들켰다면 어떻게 될까. 지난달 26일 밤 김포~제주 구
간을 운항 중이던 아시아나항공기 기내 화장실에서 담배를 피운
중국인 관광객이 승무원에게 적발됐다. 그는 착륙 직후 공항경찰
대에 인계되었고 바로 제주 서부경찰서로 넘겨져 조사를 받아 국
내법에 의거해 처벌되었다. 처벌 근거는 '항공 안전 및 보안에 관
한 법률 제23조(승객의 안전 유지 협조 의무)' 위반 혐의다. 구속 사유
는 아니어서 바로 감방 신세를 지지는 않았지만 불구속 입건되어

자그마치 1000만원 이하 벌금형(실제 부과되는 벌금은 100만~200만원 사이)에 처해졌다. 그깟 담배 한 모금 잘못 빨아서 비행기 요금 몇 배나 되는 경비를 지출해야 한다니 너무 가혹한가?

다음 사례를 보면 벌금은 차라리 인도적이라는 생각이 든다. 2009년 2월 사우디아라비아 북부 쿠라야트를 출발해 제다로 향하던 비행기 안에서 한 남성이 승무원의 제지를 무시하고 흡연을 했다. 결국 그 남성은 제다 도착 후 경찰에 체포되었고 '태형 30회' 판결을 받았다고 한다.

이 남자는 셔츠 하나만 입은 차림으로 경찰관에게 채찍을 맞아야 하는데 국가의 법을 집행하는 공식적인 형벌이라 그 강도가 상상을 초월한다고 한다. 이쯤 되면 돈으로 해결할 수 있는 벌금이 오히려 고마울 지경이다.

사실 1990년대 초반까지 비행기에 탑승한 적이 있는 애연가들은 '비행기 안에서 담배를 피운 적이 있다'는 것을 자랑하기도 한다. 지금 전 세계 모든 비행기에서는 금연이기 때문에 그런 경험이 더욱 희귀하게 느껴지기도 한다.

지금은 너무도 당연한 기내 금연이 본격화된 것은 1994년 미국 하원이 미국 국내선과 국제선 여객기에서 흡연을 금지하는 법안을 통과시키고 난 이후다. 하지만 제3국을 경유하는 경우, 제3국 공항까지는 흡연이 가능하도록 허용했기 때문에 전면 금연이라고 보기는 어려웠다.

항공사가 전면 금연을 실시한 것은 우리나라 아시아나항공이 처음이다. 아시아나항공은 1995년 세계 최초로 모든 노선 항공기에서 금연을 실시한다고 발표했다. 뒤이어 국제항공기구는 1996년 7월 전 세계 항공기의 금연을 권장했고 이를 계기로 1990년대 말까지 세계 모든 항공기에서 담배 연기가 사라졌다.

그럼 전자담배는 괜찮을까. 정답은 'No'다. 전자담배도 법제처와 항공사에서 담배의 한 종류로 분류하고 있기 때문에 기내에서 피울 수 없다. 담배를 너무 참기 힘든 애연가라면 탑승 전날 밤을 새우고, 와인 한 잔 마신 다음 목적지에 도착할 때까지 기절(?)해 있는 수밖에는 없다.

흡연 비흡연 문제를 떠나 '남에게 피해를 주지 않는' 것이 스마트한 해외여행의 기본이 아닌가 싶다.

2016.02.15

겨우
3만원
깎아 준다고?

"200만원짜리 해외여행을 가는데 겨우 3만원 깎아 준다고?" 주변 친구들로부터 이런 이야기를 들을 때마다 도대체 어떻게 설명해야 할지 난감하다가도 한편으로는 '그래 명색이 여행사 사장 친구라는 놈이 여행사에 대한 기본 지식이 그렇게 없냐'는 생각에 미치면 살짝 화가 나기도 한다.

여행사는 어떻게 돈을 벌까? 여행사는 기본적으로 '남의 것'을 대신 팔아서 수익을 가져가는 형태다. 비행기도 남의 것이고 호텔도, 관광지는 물론 버스까지 그렇다. 여행사 수익은 그래서 수수료가 전부인 셈이다.

그런데 현실은 녹록지 않다. 고객에게 원가 100만원짜리 상품을 안내하고 여기에 수수료를 10만원을 더해 110만원을 받겠다고 얘기하면 "해 준 것이 뭐 있다고 그렇게 많이 남기느냐"는 대답이

온다. 그래서 옛날 여행사들은 마진을 하나도 남기지 않고 파는 것처럼 포장한 후, 쇼핑과 옵션 등에서 본전을 챙겼다.

여행업계에서도 이런 악습을 없애기 위해 '여행업무 취급수수료(TASF·Travel Agency Service Fee)'라는 것을 명문화해놓고 있기는 하지만, 아직 이를 제대로 받는 여행사를 본 적은 없다.

패키지 여행상품의 가격 구성은 기본적으로 항공료, 관광 경비(tour fee), 이익(margin)으로 이뤄진다. 항공사에 지급하는 항공료와 랜드사(현지 여행사)에 지급하는 관광 경비는 생산업체의 제조원가와 같은 개념이며, 이익은 매출 총이익과 같다.

대개 여행업체가 '여행 알선업'의 형태를 하고 있기 때문에 여기서 이익을 매출액으로 계상하게 된다. 여기에 인건비, 광고선전비, 관리비, 금융비용 등을 제하고 나서야 비로소 경상이익이 산출되는 것이다.

여행상품에 대한 마진폭은 여행 지역별, 여행 금액별, 시기별(성수기, 비수기)로 차이를 보이지만 통상 몇만 원에서 많으면 몇십만 원이다. 심지어 마이너스 수익을 보이는 상품도 많이 발생된다. 예컨대 수요를 예상해 항공좌석을 미리 확보해 놓고, 그에 따른 항공료를 미리 지급한 경우에 자리를 다 채우지 못하면 고스란히 여행사가 비용을 부담하게 돼 원가 이하라도 상품을 팔 수밖에 없기 때문이다.

엄밀히 말하자면 여행사의 이런 수익은 여행상품 기획비와 여행 알선 수수료를 포함한 개념으로는 조금 적다고 이야기할 수 있다. 이 같은 저마진 구조는 아직 여행의 전문성에 대한 사회적 공감대가 형성되지 않은 탓이기도 하다. 여하튼 이러한 원가구조 탓에 200만원짜리 해외여행상품일지라도 여행사가 확보할 수 있는 마진은 기껏해야 몇만 원인 경우도 허다하다.

친구들이 불평하는 이유도 이해가 안 가는 바는 아니다.

"200만원을 냈는데 3만원을 깎아준다니, 명색이 '사장 백'이라는데 할인율이 2%도 안되느냐"는 불평이다. 하지만 내 속마음은 이렇다.

"친구, 200만원짜리 상품에서 우리 회사가 이익을 보는 금액이 5만원이라면, 난 자네에게 그 상품을 반값에 준 것이나 마찬가지일세. 그 정도면 우리 사이에 괜찮은 것 아닌가?"

2016.02.01

여러 번 외워도
헷갈리는
여행 상식

참 신기하다. 분명히 여러 번 보고 외웠다고 생각했는데, 막상 현실로 닥치면 기억이 나지 않는 것들이 있다. 아무리 여행의 재미가 낯선 무엇과 만나는 것이라고는 해도 상식적인 것들을 몰라 당황하게 되는 것은 영 불편하다. 여행길에서 아주 가끔, 때로는 종종 만나게 되는 그런 상식 몇 가지를 소개해본다. 이 참에 외워두시라.

1. 혼동하기 쉬운 상식 중 가장 대표적인 것이 서양식 정찬 테이블에 앉았을 때 내 물이 어느 것인지 하는 문제다. 포크와 나이프는 밖에서부터 안쪽으로 쓰면 되니까 쉬운데, 이미 놓인 물컵 주인이 아리송하다. 조금이라도 내 쪽으로 당겨 놓으면 쉽겠거늘, 정말 신기하게도 나와 옆 사람의 딱 가운데 자리에 있다. 게다가 물은 한 모금이라도 마셔버리면 테이블 전체 물 주인이 뒤바뀌게

되는 대참사(?)가 일어나니 주의해야 한다. 이때는 '좌빵우물'을 기억하면 된다. 왼쪽의 빵과 오른쪽 물이 내 것이라는 이야기다. 누가 만든 표현인지는 모르겠지만 정말 외우기 쉽게 잘 지었다.

2. 몇 번 보아도 모르겠는 것 두 번째, 테이블 위 흰색 사기질로 된 양념통에 무엇이 들어있는지! 구멍 1개짜리와 3개짜리가 있지만 어느 것이 소금인지 어느 것이 후추인지 알 수가 없다. 그렇다고 아무데나 뿌려보고 확인하자니 영 멋쩍다. 국제규약으로 정해진 것은 아니지만 거의 모든 식당에서 구멍 1개짜리에는 소금을, 3개짜리에는 후추를 넣는다. 소금은 한꺼번에 많이 쏟아지면 안 되니까 1개짜리 구멍, 후추는 넓게 뿌려야 하니 3개짜리 구멍을, 이런 식으로 외우면 된다. 가끔 통후추를 갈아서 넣는 그라인더가 테이블에 올려질 때가 있는데 이때 주의할 점 하나, 후추가 갈리는 쪽 한쪽으로만 돌리라는 것. 좌우로 돌리면 안 된다.

3. 비행기 안에서 입국신고서를 쓰는 시간, 이름(Given Name)과 성(Family Name), 주소와 여권번호, 편명까지는 어렵지 않게 적었는데 영 모호한 단어가 나온다. 바로 'Date of Issue', 흔히 쓰는 단어라도 이 '이슈(Issue)' 뜻은 몇 번을 보아도 잊게 된다. 그냥 외우자. 이슈는 발행, 발급. 그럼 Date of Issue는 여권발급일, Place of Issue는 여권을 발급한 곳을 이야기한다. 여권 발급지는 그냥 SEOUL, KOREA라고 적으면 된다.

4. 유럽을 여행하다 보면 화씨로 온도를 표현하는 곳이 있다. 한평생 섭씨만 쓰고 살아온 사람에게는 이를 환산하는 것이 영 만만치 않다. 화씨 32도가 섭씨 0도라는 것을 외우고, 섭씨 1도가 올라갈 때마다 화씨에 1.8도를 더해주면 되는데 이 역시 몇 번이고 외워도 자꾸 잊어버리게 된다. 이때는 화씨에서 30을 뺀 후 그것을 2로 나누면 된다. 예를 들어 화씨 72도라면 72-30=42, 이 42를 2로 나눈 21도가 섭씨 온도다. 소수점 단위까지 들어맞지는 않지만 여행지에서 필요한 온도 정보로는 충분한 셈이다.

첫 외국여행부터 세련된 매너를 갖춘 여행자가 되긴 힘들다. 자연스러운 여행 전문가들도 알고 보면 여러 차례 시행착오를 통해 업그레이드된 것일 뿐이다.

자, 다음 여행에서는 또 한 단계 업그레이드된 자신을 발견해보시라.

2016.01.25

안전한 여행을
고르는 방법

    지난 주 일어난 이스탄불과 자카르타의 폭발사고로 인해, 많은 여행업체들과 여행을 준비 중인 분들이 행여 여행계획과 사업에 차질이 생길까 우려하고 있다. 여행업에 종사하는 사람들은 우스갯소리로 "세상의 모든 일들이 여행업에 영향을 준다"고 말하곤 한다. 유가, 환율, 테러, 자연재해, 보건위생 등등 많은 요소들이 실제로 여행의 중요 선정 요소로 작용하기 때문이다.

    역설적으로 말하자면 "이 세상에서 가장 행복한 사람들이 여행자라면, 가장 많은 근심걱정을 지고 사는 사람들이 여행업에 속해 있는 사람들"이라 할 수 있다. 마치 어느 보험회사 광고에 나오는 '걱정인형' 같은 모습이다.

    여행을 주저하게 만드는 수많은 결정 요소 중에서 최우선으로 고려되어야 하고 무엇과도 바꿀 수 없는 사항이 바로 '안전'이다.

목숨을 담보로 한 여행은 있을 수 없기 때문이다. 여행에는 약간의 모험적인 요소가 들어가야 재미가 있지만, 그 역시 확실한 안전이 보장된 상태에서 '위험해 보이는' 어드벤처(adventure)이어야만 한다.

여행지 어딘가에 숨어 있을지 모르는 안전에 대한 위협요소를 미리 제거하는 가장 좋은 방법은 그 지역과 나라를 가장 잘 아는 선배 여행자의 도움을 받는 것이다. 그 나라 문화와 사회 분위기를 제대로 이해하고 있는 전문가의 리드를 받게 되면, 여행지에서 불필요한 위험 요소를 만나는 일은 크게 줄어든다. 여기에 돌발상황 발생시 피해를 최소화 시켜줄 수 있도록 여행자보험을 단단히 들어두는 것도 필요하다.

그러면 어느 지역이 얼마나 위험하고, 어느 나라는 방문해서는 안 되는지 어떻게 알 수 있을까? 각 나라 정부는 여행지역을 위험 단계별로 나누어 자국 관광객의 안전을 도모하고 있는데 우리나라는 외교부에서 관장하며 '외교부 해외안전여행(www.0404.go.kr)'이라는 사이트를 운영하고 있다. 이 사이트에서는 전세계 여러 나라와 도시를 여행유의(청색), 여행자제(황색), 철수권고(적색), 여행금지(흑색)의 모두 4단계로 나누고 있다. 1~2단계인 여행유의와 여행자제까지는 여행전문가의 안내를 받아 여행하는 것에 큰 어려움은 없으나 3~4단계인 철수권고, 여행금지 지역으로 설정된 곳은 가지 않는 것이 현명한 방법이다.

이 여행경보는 나라별, 지역별로 세분하여 지정하기 때문에 같은 국가라도 지역에 따라 위험도가 다르므로 관심을 가지고 살펴보는 것이 필요하다. 예컨대 파키스탄은 전지역, 인도는 카슈미르 주만 적색경보라는 식이다. 그동안 청색경보였던 터키의 이스탄불은 이번 폭발사고로 황색경보로 조정되었다.

항공권만 끊고 떠나는 개별여행의 경우에는 이 경보단계에 유의하여 일정을 잡을 필요가 있다. 앞서 이야기한 선배여행자의 조언이나 리드가 없으므로 그만큼 더 안전에 민감해야만 하는 것이다. 이에 비해 경력 있는 인솔자와 현지 가이드가 함께하는 패키지여행의 경우는 여행사에서 먼저 모든 위험경보를 감안해 코스를 선정하기 때문에 크게 걱정하지 않아도 된다.

여행자의 안전은 여행사가 책임지는 것이 옳고, 실제로 많은 여행사들이 이를 위해 다양한 노력을 기울인다. 그것이 여행사의 역할이고, 존재 이유이기 때문이다. 마치 "모든 걱정은 내게 맡기고, 너는 편안히 쉬어"라는 '걱정인형'의 유래와 같다.

2016.01.18

작지만 유용한
7가지
여행 꿀팁

여행에도 기술이 있다. 속칭 '여행의 고수'라는 사람들을 가만히 보면 해박한 지식이나 언어 능력보다는 이런 자잘한 테크닉을 몸에 갖추고 있는 경우가 많다. 이 기술들은 여행길에 일어날 수 있는 실수를 방지해주기도 하고, 여행자의 시간을 아껴주어 더욱 풍요로운 여행을 하게끔 도와준다. 수없이 여행가방을 쌌다가 풀었던 경험을 바탕으로 아주 작지만 실전에서 유용한 여행의 기술 7가지를 소개한다.

하나, 여행가방 3분의 1은 비우고 떠나자. 출국 전날 밤 짐을 꾸리는데 캐리어에 빈 공간이 많다고 불안해 할 필요는 없다. 돌아올 때는 각종 선물과 기념품들로 한가득 차게 될 것이다. 처음부터 가방을 꽉 채워서 떠나면 가방을 하나 더 사야 하는 불상사가 생길 수도 있다.

둘, 슬리퍼나 티셔츠는 현지에서 산다. 가져갈까 말까 고민되는 물건은 과감히 두고 간다. 여행짐은 가벼울수록 옳다. 슬리퍼처럼 부피를 많이 차지하는 것은 현지에서 사도록 한다. 짐도 줄이고 기념도 되므로 일석이조다.

셋, 여권, 지갑, 휴대폰은 작은 크로스백 하나에 넣자. 공항에서 수하물을 부치고 출국 수속을 하다보면 아무리 차분한 사람도 허둥대기 마련이다. 절대 잃어버려서는 안 되는 여권과 항공권, 지갑, 휴대폰은 작은 가방에 넣어 어깨에 두르자. 두 손이 가벼워야 여유가 생긴다.

넷, 멋진 사진을 찍고 싶다면 엽서를 사자. 똑같은 카메라로 찍었는데 어째서 내 사진만 이 모양일까 고민된다면, 관광지 입구에서 팔고 있는 사진엽서를 사서 그대로 찍어보자. 엽서에 들어간 사진은 그 관광지가 가장 아름답게 보이는 구도에서 가장 훌륭한 사진가가 찍은 것이다.

다섯, 캐리어 안을 잘 정리해야 여행이 즐겁다. 옷은 돌돌 마는 것이 포개는 것보다 부피를 덜 차지한다. 화장품은 샘플병에 담아두자. 캐리어에 짐을 넣는 순서는 가장 나중에 쓸 것이 맨 아래 가도록 하면 된다. 여행 동선을 생각해보고 중간중간 필요한 물품은 캐리어 맨 위로 넣자.

여섯, 현지 음식에 자신이 없다면 튜브 고추장을 준비하자. 여행길에 가장 고생스러울 수 있는 것이 음식이 입에 맞지 않는 것이다. 고추장은 모든 음식을 한식으로 만들어버리는 매직 소스다. 튜브 형태로 되어 있는 것이 꺼내놓기도 간편하고 옆 사람에게 조금 덜어주기도 좋다.

일곱, 미지의 친구에게 줄 작은 선물을 준비하자. 여행길에는 어떤 사람을 어떻게 만나 어떤 도움을 받게 될지 모른다. 작은 식당에서 만난 친절한 종업원, 미소가 예쁜 호텔 프런트에게 작은 정성을 선물하자. 비싸지 않으면서 기념이 될 선물은 냉장고 자석이나 젓가락, 태극부채, 한복 책갈피 정도가 적당하다.

2016.01.11

새해여행
계획을
세우자

단돈 5000원으로 일주일을 행복하게 지낼 수 있는 비법을 하나 소개한다. 아주 간단한데, 월요일 아침 출근길에 로또를 한 장 사면 된다. 화요일도 아니고 반드시 월요일 아침이어야 한다.

그 이유는 미당 서정주의 동생 우하 서정태 시인이 어느 인터뷰에서 밝힌 바와 같다. 아흔이 넘은 시인은 "여기 돈 필요한 사람 있는가? 돈 필요하면 내가 나중에 다 줄게"라 말하며, 일주일을 앞집 옆집 돈 나눠줄 생각만으로 살다보니 행복하다고 했다.

그런데 우습게도 로또가 가장 많이 팔리는 요일은 토요일이란다. 토요일에 로또를 사는 사람들은 일주일을 흐뭇한 설렘으로 기다리는 행복을 모른다. 적어도 우하 시인과 필자에게 로또는 큰돈을 벌게 해주는 재테크 수단이라기보다, 한 주를 기분 좋게 만들어주는 부적과 같다. 새해 아침부터 복권 이야기를 하는 이유는 1

년이 행복할 수 있는 로또, '여행 계획'을 하나씩 집에 들이시라는 얘기를 하고 싶어서다. 여행 계획은 새해에 세워야 한다. 미리 예약하고 준비해서 경비를 아낀다는 장점도 있지만, 계획을 세우는 순간부터 여행을 다녀오는 날까지 기분 좋은 설렘을 가질 수 있는 비교 불가한 장점 때문이다.

새해 계획이라고 하면 보통 거창하거나 자기희생적인, 그도 아니면 어쨌든 의미 있는 것으로 잡는 게 일반적이다. 목돈마련저축을 든다거나, 집을 산다거나, 운동을 열심히 해서 '몸짱'이 되거나 등등. 그런데 사실 이런 거창한 목표들은 우리 삶을 때론 피곤하게 만들기도 한다. 목표를 이루기 위해서는 무엇이든 희생해야 하는데 그 과정이 즐겁지가 않은 것이다.

계획은 항상 두 가지가 필요하다. 장래를 위한 계획과 현재를 즐길 계획. 그리고 이 두 가지 계획이 적절한 균형을 이룰 때야말로 실천 가능하고 삶의 즐거움을 더해주는 마스터플랜이 된다. 가족이나 직장 동료와 함께 떠나는 '사람들 속의 나'를 위한 여행도 좋고, 오로지 '나만을 위한' 여행 계획도 그려볼 필요가 있다.

자, 그럼 어떻게 여행 계획을 세울까? 무엇부터 고민해야 할까? 일반적으로 휴가 날짜를 먼저 정하고, 그다음이 총 예산, 다음 순서로 여행 지역을 고르는 사람이 많은데 여행 전문가 입장에서는 반대 순서를 권한다.

내가 가고 싶은 곳, 가야 하는 곳을 정하는 것이 먼저다. 지역이 어디냐에 따라 예산과 일정이 크게 달라지기 때문이다. 가고 싶은 곳은 따로 있는데 여건이 안 돼서 다른 곳을 고르는 것은 새해에 세울 계획은 아니다. 그다음으로 고민해야 할 것이 여행을 떠나서 '무엇을 할지'다. 어쩌면 이 부분이 가장 중요한데, 여행의 목적이 잘 정해져 있으면 성공적인 여행이 될 가능성이 높아진다. 맨 마지막에 생각해야 할 것이 일정과 비용이다. 시간을 내고 돈을 마련하는 일은 임하는 관점에 따라서는 즐거움이 될 수도 있기 때문이다.

연초부터 당신의 가슴을 설레게 할 1년짜리 로또. 새해 여행 계획, 지금 당장 세워보시라.

2016.01.04

남들보다
2배의
여행을 하는 법

제목이 너무 거창하다. 남들보다 2배의 여행을 하는 방법이라니, 과연 그런 것이 있기는 할까. 결론부터 이야기하면 가능하다. 여행의 만족감을 딱 2배로 느낄 수 있는 비법이 하나 있다.

여행의 목적을 하나 더 갖고 떠나면 된다.

누구나 여행을 떠날 때는 하나씩 목적을 가진다. 그냥 푹 쉬고 싶어서 떠나는 사람도 있고, 꼭 가보고 싶었던 풍경이나 예술 작품을 만나기 위해 짐을 꾸리기도 한다. 아이와 함께하는 여행이라면 아이에게 더 넓은 세상을 보여주고 싶은 것도 목적이다.

이것이 여행의 1차 목적, '주목적'이라고 한다면, 여기에 '부목적'을 하나 더 만들어서 여행길에 나서보자는 이야기다. 부목적은 지극히 개인적이고 이기적인 것이 좋다. 오로지 '나'의 만족과 기쁨을 위한 목표와 미션이다.

필자는 개인적으로 자전거에 관심이 많다. 특히 나라마다 있는 자전거 경찰의 역할과 복장 등에 대해 살피고 연구하는 것을 말년(?)의 낙으로 삼고 있다. 경제적으로 안정되고 치안이 잘 발달한 나라의 경찰은 대민봉사를 주 업무로 한다. 서민 눈높이에 맞는 봉사를 하기 위해서는 패트롤카나 오토바이보다는 자전거가 제격이다. 그래서 여행길 대도시에 들렀을 때 자유시간이 주어지면 무조건 파출소부터 찾아본다. 그리고 그곳에서 원하던 경찰 자전거를 발견했을 때의 반가움. 때마침 다가온 자전거 경찰과 몇 마디 이야기를 나누고 함께 '인증샷'을 찍었을 때 기쁨은 실로 짜릿하다.

십년지기 친구 하나는 식당 주방 인테리어와 집기에 관심이 많다. 이 친구는 여행지에서 식당을 들를 때마다 반드시 양해를 얻어 주방 사진을 찍는다. 이 친구 파일함에는 이탈리아 남부 파스타집 주방도 있고, 일본 긴자 뒷골목 작은 선술집의 오픈된 주방도 있다. 친구가 이 사진과 자료들로 무엇을 할지 알 수는 없다. 단 하나 확실한 건 친구와 술을 한잔 하며 이야기를 나눌 때면 전 세계 부엌 이야기를 듣는 것만으로도 시간이 모자라다는 것이다.

두 가지 목적을 가지고 떠나는 이 '여행의 기술'은 단체 패키지 여행에서 더 빛을 발한다. 시간과 목적지를 마음대로 할 수 있는 자유 여행과 달리 패키지 여행은 다른 일행과 함께 움직여야 하기 때문에 개인 짬을 낼 수 있는 시간이 적다.

정해진 시간과 장소 속에서 원하는 것을 발견했을 때의 기쁨이 란. 때로는 여행 전체가 가져다주는 만족감보다 더 클 때가 있다.

같은 돈과 같은 시간을 써서 여행을 한다.

어떤 이는 '아, 정말 꿈 같은 휴양지에서 잘 쉬고 왔어'라고 추억하고, 어떤 이는 '대성당도 보고 미술관도 보고 세계문화유산도 봤어'라고 자랑한다. 이런 아름다운 추억과 자랑거리로도 여행이 주는 의미와 효용은 충분하다.

자, 여기에 욕심껏 딱 하나만 더 해보면 어떨까.

"이번 여행지에서 드디어 정말 마음에 드는 간판을 발견했어. 이제 세계의 아름다운 간판 200선 완성!"

2015.12.21

선을
넘는다는
것

옆집 대학생 누나를 짝사랑하던 고등학교 3학년 남학생, "선을 넘지 말라"는 누나의 경고에도 몇 번이고 무식한 고백을 감행한다. 그러던 어느 겨울밤 마침내 누나의 한 마디, "그래 나도 너 좋아." 세상을 다 얻은 표정의 남자 주인공 얼굴 뒤로 잔잔한 내레이션이 흐른다.

"선이라는 건 딱 거기까지란 뜻이다. 선을 지킨다는 건 지금껏 머물던 익숙함의 영역, 딱 거기까지의 세상과 규칙과 관계들을 유지하겠다는 뜻이다. 그건 결국, 선을 넘지 않는다면 결코 다른 세상과 규칙과 관계는 만날 수 없다는 뜻이기도 하다."

복고적인 향수를 자극하는 그 드라마의 노림수 때문이었는지 모르겠지만 아주 잠깐 고3 남학생이 된 느낌이었다. 정말 행복했다. 그리고 바보상자라는 TV에서도 이런 잔잔한 울림을 얻을 수 있구나 놀라웠다. 과연 그렇다. 선을 넘지 않으면 새로운 세상을 만날 수 없다는 것은 진리다.

필자의 회사 사무실 책상 뒤에는 나무 액자에 끼운 사진 2장이 있다. 여행사 사장으로서 각지를 다녔던 여정 중, 다시 떠올려도 빙긋 웃음이 나오는 가장 뿌듯한 순간을 담은 사진이다.

하나는 뉴질랜드 퀸스타운의 세계 최초 번지점프대라는 '카와라우 번지'에 갔을 때 받은 기념사진이다. 필자의 얼굴이 보이지는 않지만 까마득히 높은 곳에서 뛰어내리던 그 순간의 기록. 사실 그 전까지는 "굳이 돈 써가면서 가슴 철렁한 경험은 하지 않는다"는 나만의 '선'을 가지고 있었다. 하필 그날 함께 여행을 떠난 일행이 전부 아주머니가 아니었다면, 일행 중 단 한 명이라도 번지점프를 하려고 했다면 나만의 선은 계속 지켜졌을지 모른다. 결국 그날 나는 고소공포증의 선을 넘었다. 물론 가이드의 따가운 눈총이 부담스러워 얼떨결에 불쑥 손을 들었던 덕분이었기는 하지만.

두 번째 사진은 자전거를 타고 낙동강 둔치 어디쯤을 달리는 모습이다. 지난해 가을 총연장 660㎞의 자전거 국토 종주를 마치기 하루 전에 찍었던 사진. 빠듯하게 잡아도 3박4일, 신통치 않은 필자의 체력을 감안한다면 5박6일은 투자했어야 할 코스지만 회사에는 단 하루의 휴가도 내지 않고 완수했다. 코스를 5개로 나누어 주말마다 시작점과 끝점을 오가는 방식으로 가능했다. 역시 '직장인이 무슨 수로 국토 종주를'이라는 선을 넘은 것이다.

두 장의 사진, 아니 이 두 순간의 황홀한 기억은 지금도 필자에게 큰 힘이 된다. 불가능할 것이라 여겼던 고정관념을 깨고 간절히 원하는 것을 이루기 위한 몸부림으로 선을 넘었기 때문이다.

많은 사람이 여행을 꿈꾸지만 선뜻 짐을 챙기지 못하는 많은 이유가 바로 이 선 때문이 아닐까.

'수험생 엄마가 어딜' '시어머니가 계신데 어떻게' '노후 자금 모으기도 빠듯한데 무슨'….

모든 것이 준비된 상황은 쉽사리 오지 않는다. 흔히 말하는 '불가능의 3박자' 때문이다. 돈이 있으면 시간이 없고, 시간이 있으면 돈이 없고, 돈과 시간이 있으면 건강이 따르지 않는다. 해가 바뀌기 전에 내 앞에 놓인 선이 무엇인지 살펴보자, 그리고 새해엔 눈 딱 감고 한번 넘어볼 계획을 세워보자.

아! 딱 하나, 도로의 중앙선처럼 절대 넘어서는 안 될 안전에 관한 선은 빼고 말이다.

2015.12.14

혼자 떠나는
여행도
좋습니다

모바일 메신저 '공유하기' 기능을 이용해 가끔씩 좋은 이야기를 전해주는 친구가 있다. 며칠 전 그에게서 받은 메시지 하나. "내 인생 동안 성취해 놓은 부를 나는 가져갈 수 없다. 내가 가져갈 수 있는 것은 사랑에 빠졌던 그 기억들뿐이다."

생의 마감을 앞둔 사람이 병상에서 쓴 글이라고 하는데, 여러 문장 중에 딱 이 구절을 읽는 순간 가슴속에 '아, 정말 그렇다' 하는 작은 울림 하나가 전해져 왔다. 사랑에 빠졌던 그 기억은 내게 무엇일까. 마지막 병상에서 가져갈 수 있는 건 과연 어떤 기억일까. 문득 누이 얼굴이 떠올랐다. 환갑을 살짝 넘은 누이는 계절마다 여행을 떠난다. 신기한 것은 가족이나 친구들이 없는 것도 아닌데 늘 혼자 떠난다는 점이다. 자유여행도 아니고 꼭 패키지여행으로 간다.

"왜 그렇게 혼자 여행을 다니느냐"고 물으니 대답이 걸작이다. "혼자 가야 사람들을 만날 수 있지. 아는 사람과 함께 가면 그 사람만 신경 써야 하거든. 혼자 떠나면 보고 듣고 느끼는 것이 달라져."

여행이 주는 여러 가지 기쁨 중 하나가 바로 '미지와 조우하는 것' 아닐까. 새로운 세상을 만나고 새로운 사람을 만나는 것. 가족과 친구들을 챙기느라 시간을 써버리는 여행에서는 그런 기쁨이 끼어들 틈이 잘 보이지 않는다.

싱글들이 많은 시대다. 통계청 발표에 따르면 2000년 1인 가구 수가 222만가구였는데, 2010년에는 414만가구로 두 배 가까이 늘어났다고 한다. 함께 갈 사람이 없어서 혼자 떠나는 사람도 있을 테고, 필자 누이처럼 여행을 더 즐기기 위해 혼자 떠나는 사람도 있을 것이다. 이유야 어찌되었든 혼자 떠나는 여행이 예전처럼 궁상맞아 보인다든가, 사연이 있어 보이지는 않는 시대가 되었다. 그리고 많은 사람들은 혼자 떠나는 여행을 꿈꾸고 있고 실행에 옮긴다. 유럽여행을 가면 한 버스에 보통 30여 명이 함께 타는데, 이들 중 대부분은 부부나 모녀, 친구들이지만 최소한 2~3명 정도는 혼자 떠나온 여성 고객들로 채워진다. 10여 년 전만 해도 볼 수 없었던 풍경이다.

혼자 떠나는 여행은 항공권과 호텔만 끊고 떠나는 자유여행보다는, 가이드가 있고 함께 움직일 일행이 있는 패키지가 제격이다. 혼자라는 것은 자유를 뜻하기도 하지만 얼마간 위험도 내포하고 있기 때문이다. 안전한 여행경로와 현지에 대한 정보 없이 무턱대고 자유여행을 하다 봉변을 당했다는 뉴스를 가끔 접하는 것도 그러한 이유다. '싱글차지(여행사 상품 가격은 대부분 2인 1실 기준이므로, 혼자 떠나는 여행에는 추가 요금이 든다)'가 아깝다면 여행사에 '룸조인'을 알아봐 달라고 요청을 해보자. 여건이 맞으면 비슷한 연령대인 동성 여행자와 한 방을 잡아주기도 하니 말이다.

혼자가 되는 순간 다른 사람들이 보이기 시작한다. 혼자 하는 여행은 보고, 듣고, 느끼는 모든 것들에 대해 소홀하지 않고 오롯이 소중한 기억으로 담게 된다. 그 기억들은 모여서 좋은 추억이 되고, 여행지에서 만난 사람은 추억을 공유한 소중한 인연이 된다.

왜 이렇게 혼자 떠나는 여행을 추천하느냐고 묻는다면 이렇게 답하리라.
"마지막에 가져갈 수 있는 그 기억들을 만들기 위해서"라고.
그 대상이 사람이든 아름다운 풍경이든 어떠한 상황이든 간에.

2015.11.30

나만의
여행노트를
만들자

    종종 손님을 가장해 해외 출장길에 오른다. 이른바 '미스터리 쇼퍼'로 회사의 여행상품을 점검하기 위함인데, 이 여행에서 만난 사람들이 내게는 큰 공부가 된다.

    올봄 스페인 마드리드의 프라도 미술관을 방문했을 때였다. 벨라스케스의 작품 앞에서 발걸음을 멈추고 있는 여성 고객 한 분이 눈에 들어왔다. 60대가 살짝 넘었을까 싶은 나이에 옷도 단아하게 차려 입으신 것이 해외여행 좀 다녀보신 분의 이미지다. 그녀의 손에는 A4보다 조금 작은 대학노트가 들려 있었는데, 작품 앞에서 노트 한번 보고 다시 자리를 바꾸어 작품을 감상하기를 반복한다.
    노트의 정체가 궁금해져서 슬쩍 다가가서 물었다.
    "뭘 그렇게 열심히 보고 계신가요?"

"아, 이거요. 제가 프라도 미술관에서 꼭 보고 싶은 작품만 모아서 메모해놓은 제 여행노트예요."

잠깐 양해를 구하고 여행노트를 구경하는데, '아!'하는 감탄사가 자연스레 입 밖으로 나오고 말았다. 웬만한 가이드북은 비교도 안 될 만큼 깔끔하게 정리한 그녀만의 여행노트. 미술작품에 대한 설명뿐 아니라 자유시간이 주어졌을 때 꼭 가보아야 할 맛집의 약도와 메뉴까지…. 이 정도 노트를 만들려면 아무리 전문가라도 한 달 이상은 준비해야 할 것 같은 분량이었다.

'여행은 떠나기 전이 반'이라는 이야기를 정말 제대로 실천하고 있는 고객을 만난 기분이었다. 여행이 가지는 가장 매력적인 특징은 '새로운 문화와의 조우(遭遇)'다. 그, 의도되었지만 사실은 우연인 만남 속에서 우리의 삶은 조금 더 아름다워지는 것 아닐까. 똑같은 경비와 똑같은 시간을 들인 여행이 본인의 마음가짐과 준비에 따라 180도 달라진다.

혹시 지금 이 글을 읽는 당신이 여행을 꿈꾸고 있다면, 당장 나만의 여행노트를 만들어보는 것은 어떨까. 만드는 법은 전혀 어렵지 않다.

먼저 지금 보고 있는 신문을 접어두고, 여행사 홈페이지에 들어가자. 꿈꾸어왔던 여행지를 고른 후, 가능한 일정을 찾아 클릭을 하면 상세 일정표가 나온다. 이것을 출력하는 순간 여행노트의 절반은 완성. 이제 중·고등학교 때 누구나 한번 만들어봤을 '영어단어장'처럼, 첨삭을 하면 된다. 일정표의 정보는 간략하니까 관심이 가는 포인트는 인터넷을 통해 자료를 찾아 붙이거나 메모한다.

컬러펜을 준비해서 색도 칠하고 동그라미도 치고 세부지도 같은 것도 붙여주면 끝. 이제 진짜 여행을 떠날 때까지 이 자료를 몇 번이고 보면서 가상의 여행을 즐기면 된다. 물론 이 글을 읽는 분 중에는 "에이, 나도 그런 생각은 벌써 해봤지. 그런데 그게 쉽나"라고 생각하시는 분이 있을지 모른다. 하지만 중요한 것은 생각이 아니라 실천, 불완전하나마 시작을 해야 끝이 있다는 진리를 명심하자.

나만의 여행노트는 다녀와서가 더 중요하다. 가기 전의 메모와 실제 보고 느낀 소감, 그 차이를 기록하면 평생 미소를 지으며 떠올릴 수 있는 소중한 추억이 만들어진다.

여행노트에 사진은? 딱 한 장만 필요하다.
언젠가 우리 앞에 생의 마지막 순간이 올 때 그 한 장의 사진을 떠올리며 편히 눈감을 수 있는 그런 사진 말이다.

2015.11.09

입국심사대
앞에선
당당하라

　　이거 참 불편하다. 비행기에서 내려 첫 번째로 그 나라 사람을 만나는 곳이 바로 입국심사대인데, 도무지 이 심사대란 것이 유리로 턱 막혀 있는 것부터 마음에 들지 않는다. 또 심사관은 대부분 딱딱한 제복을 입고 웃음기도 별로 없이 눈도 안 마주치고 서류만 부리나케 살핀다. 이거 참, 내가 불법 체류를 위해 밀입국을 하는 것도 아닌데 어딘가 모르게 재판정에 선 느낌까지 드니 괜스레 불편하고 주눅이 든다. 내 외국여행 첫 느낌이 그랬다.

　　입국심사대에서 어깨를 펴기 시작한 것이 아마도 대여섯 번쯤 똑같은 '주눅'이 들고 나서부터였던 것 같은데, 지금 와서 돌아보면 피식 웃음도 난다.
　　심사라는 말 자체가 '걸러낸다'는 뜻이기 때문에 긴장하는 것은 당연. 하지만 다음 몇 가지를 명심하고 입국심사대에 서면 조금 더 당당하고 자연스럽게 절차에 임할 수 있다.

먼저, 어느 나라나 외국여행을 온 관광객을 반긴다는 점을 명심하자. 자기 나라를 방문하며 여행경비를 쓰고 가겠다는데 괜히 독사눈을 뜨고 싫어하는 공무원이 있다면 그건 그 공무원이 비정상인 것이다. 나는 '대접받아야 할 손님'이라는 생각을 하게 되면 자연스럽게 경직되었던 몸이 풀어지고 마음이 편해질 것이다.

둘째, 반드시 그 나라 말을 잘할 필요는 없다. 왜 한국인은 우리나라를 찾는 외국인에 대해서도 외국어로 응대해야 하고, 현지에 가서도 그 나라 말을 써야만 할까. 그 나라 말을 못하는 것은 부끄러운 것이 아니며 '당연한 것'이라는 인식을 일부러라도 갖는 것이 좋다. 입국심사대에서 물어보는 질문은 대개 단답형을 요구하며, 보디랭귀지로 해결할 수 있는 질문이 많다.

심사관에게 질문을 받는다면 간단한 제스처를 취하며 여유를 보이자. 출입국 심사대는 재판정이 아니다. 경직된 모습으로 서 있지 말고 팔 한쪽을 심사대에 살짝 기대며 여유로운 모습을 보여도 좋다. 질문에 대해 완벽한 문장으로 장황하게 설명할 필요도 물론 없으며 짧고 간단하게 이야기해도 좋다. 딱 하나 주의할 점은 어떤 질문인지 알아듣지 못한 상황에서 무턱대고 '예스'를 하면 안 된다는 것. 특히 마약류나 위험물을 소지하고 있느냐는 형식적인 질문에 무심코 '예스'라 대답했다가는 낭패를 볼 수 있다.

셋째, 극히 드물기는 하지만 입국심사 시 중요 범죄자와 이름이나 생년월일이 같아 문제가 되는 상황이 아주 가끔 발생한다. 입국 심사관은 입국자 신원을 오로지 영문 이름과 생년월일, 국적으로만 판단하므로 정말 운이 좋지 않으면 주요 인터폴 수배자로 의심받아 장시간 조사를 받게 되는 것이다. 이때 "왜 아무 죄도 없는 나를 의심하느냐"는 억울함에 소리를 치거나 크게 화를 내서는 안 된다. 과도한 반응은 역효과를 초래하기 때문이다. 본인이 다혈질 기질이 있으면 특히 주의해야 하며, 이때만큼은 차분하게 주위에 도움을 청할 방법을 생각하고 이를 실행해야 한다. 가이드가 동행하는 여행이라면 먼저 가이드를 불러 달라고 해야 하고, 조사가 길어질 때는 대한민국 영사관에 연락을 하여 도움을 받아야 한다.

마지막으로 정말 주의해야 할 점 하나. 너무 당당한 나머지 입국심사대에서 휴대폰 통화를 한다든가 선글라스를 낀 채로 있거나 모자를 벗으라는데도 안 벗는 당당함(?)은 절대 금물이다. 심사대에서는 얼굴을 가리는 어떠한 행위도 용납되지 않기 때문이다.

2015.11.02

비행기 안에서 출산,
아기의 국적은?

얼마 전 대만의 한 임신부가 아기에게 미국 국적을 주기 위해 의도적으로 기내 출산을 한 사실이 알려져 논란이 되었다. 임신 36주의 만삭이었던 그녀는 임신 기간을 32주라 속이고 탑승해 미국 영공에 들어선 시점에 결국 출산하며 아이에게 미국 국적을 주는 데 성공(?)했다. 하지만 이내 탑승서류를 허위 기재한 것이 발각돼 미국에서 추방된 것은 물론, 비행기가 알래스카 공항으로 회항하면서 생긴 3500만원 정도의 손실에 대해서도 소송에서 패할 경우 이를 꼬박 물어줘야 하는 처지가 됐다.

이 뉴스를 접한 사람들 반응은 '미국 시민권이 그 정도 값이면 싸다'며 세태를 비꼰 의견도 있지만, 산모 본인과 태어날 아기의 목숨을 담보로 한 무모한 행동에 대해 비난하는 여론이 대부분이었다.

우리나라도 이런 기내 출산 사례가 있었을까?

우리나라에서 가장 최근에 이뤄진 기내 출산은 2010년 11월 중

순 한국계 미국인인 산모가 LA발 인천행 대한항공 기내에서 건강한 남자 아기를 낳은 사건이다. 천만다행으로 비행기 안에 베테랑 미국인 조산사와 국내 병원 심장내과 전문의가 타고 있었기 때문에 산모는 진통을 시작한 지 1시간 만에 태평양 상공에서 출산에 성공했다. 비행기 탑승 당시 산모는 임신 7개월째였기 때문에 이번 대만 임신부 사건처럼 의도적인 기내 출산은 아니었다.

여기서 슬며시 궁금해지는 것이 하나 있다. 만약 이처럼 비행기에서 출산한 경우 아기의 국적은 어떻게 될까?

보통 국적은 속지주의냐, 속인주의냐에 따라서 결정된다. 속지주의는 미국과 캐나다 등에서 채택하고 있는데 태어난 장소가 어디냐에 따라 국적을 부여하는 것이고, 속인주의는 우리나라의 방식으로 태어난 장소와 상관없이 부모의 국적에 따라 국적이 결정되는 것을 말한다.

비행기에서 태어난 아이의 국적은 속인주의라면 부모의 국적을 그대로 따르면 되니 간단하다. 하지만 속지주의일 때 문제가 생긴다. LA발 인천행 비행기의 기내가 어느 나라 땅인지를 해석해야 하는 것이다. 보통 국제선 항공기 내부는 목적지 국가의 영토로 간주하도록 돼 있다. 그러니까 LA발 인천행 비행기는 한국 영토인 것이다. 하지만 출국심사대를 통과하고 입국심사대로 들어오기까지의 공간을 '어느 나라에도 속하지 않는 공역'으로 보는 경우도 있다.

실제로 이런 비슷한 사건이 일어난 적이 있다.

우간다 국적의 여성이 미국으로 가는 비행기 안에서 출산을 했는데, 당시 비행기는 캐나다 상공을 날고 있었다. 이 아기는 어느 나라 국적을 부여받았을까? 엄마를 따라 우간다 국적? 아니면 목적지인 미국? 그도 아니면 실제 출산이 이뤄진 캐나다? 당시 상황에서 아기 엄마는 우간다와 미국, 캐나다의 국적을 모두 가질 수 있는 상황이었고 결국 캐나다 정부가 '캐나다의 영공도 속지주의의 적용 대상'이라고 인정해 아기는 캐나다 국민이 되었다고 한다. 이 같은 해프닝은 극히 드문 경우일뿐더러 불가피한 상황에서 일어나는 일이다.

기내에서 출산하는 것은 정상 분만보다는 잘못될 가능성이 훨씬 높다고 한다. 이 때문에 우리나라 항공사들은 조산 위험이 있는 임신 32주차 이상의 산모가 비행기에 탑승하게 될 경우에는 의사의 소견서를 첨부하고, 문제가 생겼을 때 본인이 책임진다는 서약서를 쓰도록 하고 있다. 또 대한항공은 아예 37주(다태임신은 33주) 이상의 임신부는 비행기 탑승을 금지하고 있다.

군이 항공사 금지 규정이 아니더라도 만삭의 몸으로 비행기를 타는 바보 엄마는 없다. 기내의 다이내믹한 출산 체험, 또는 아기의 특정 국가 시민권 취득보다는 아기의 건강이 훨씬 더 소중하기 때문이다.

2015.10.26

워밍업과 쿨다운
여행에도
필요합니다

'그래, 일단 추천해준 지역으로 예약은 했어. 그럼 이제 뭐 하면 되지?'

얼마 전 동창 녀석이 휴대전화로 보내온 메시지다.

아니 이런, 내가 무슨 개인 여행 컨설턴트도 아니고 계절에 맞는 여행지와 적당한 가격의 상품을 추천해주었으면 됐지 그 다음까지 알려줘야 하나 싶었다가 모처럼 떠나는 여행이라 기대만큼 걱정도 많았을 친구에게 '일단 여권과 돈을 준비하고, 그 돈을 즐겁게 쓸 수 있는 몸도 준비해'라는 답을 보냈다.

사실 해외여행 준비라고 하면 그냥 여행가방에 넣어가는 것만 생각하기 쉽다. 여행백과사전이라 부를만큼 꼼꼼한 여행 가이드북에서도 해외여행 준비물 항목에 작은 파우치부터 여행용 양념통, 일회용 왁스까지 세세하게 적어놓았지만, 개인 건강과 컨디

선을 체크하는 경우는 찾아보기 어렵다. 반드시 준비해야 하는 여권과 돈 외에도 여행을 충분히 즐길 수 있는 컨디션을 만들기 위한 계획이 필요하다는 것을 의외로 많은 사람들이 놓치고 있는 것이다.

실제로 여행을 떠나보면 안다. 아무리 건강에 자신이 있는 사람도 여행 중 하루 정도는 꼭 몸에 이상이 오는 경우가 있다. 물을 갈아 마셔서 갑작스러운 복통이 생기기도 하고, 잠자리가 바뀌어서, 음식이 입에 맞지 않아서, 날씨가 생각보다 너무 추워서, 때로는 발을 헛디뎌서 여행을 망치는 일이 생긴다. 해외여행지에서는 평소보다 덜 자고, 많이 움직이고, 다른 것을 먹게 된다. 한국에서 생활하던 리듬이 상당 부분 깨지는 것이다. 친구에게 '몸을 준비하라'고 답한 이유가 여기에 있다.

피트니스 클럽에서 1시간짜리 운동을 하더라도 반드시 워밍업(Warming-Up 준비운동)과 쿨다운(Cool-Down 정리운동)이 필요한데, 하물며 일주일이 넘는 해외여행에서는 말할 것도 없다. 여기에 유럽이나 미주를 여행할 때는 반드시 시차증후군(Jet Lag)이 찾아오기 마련이고, 계절이 정반대인 남반구를 방문하면 기온과 일조량 적응도 문제가 된다.

워밍업과 쿨다운의 목적은 '주운동' 효율을 극대화하고 갑작스러운 몸의 변화에 따른 부상을 방지하기 위함이다. 모처럼 해외여행을 최고의 컨디션에서 즐겁게 보내기 위해서는 여행에도 이 같은 사전·사후관리가 필요하다.

어떻게 준비하고 마무리해야 하는지 구체적인 방법은 여행자 개인의 연령대와 건강상태, 여행지와 계절에 따라 많이 달라진다. 천차만별인 관리법에서 딱 하나 공통적으로 적용되는 진리는 '자신의 건강을 과신하지 말라는 것'.

휴가 전에 업무를 끝내야 한다고 해서 며칠씩 야근과 철야를 반복하고 지친 몸으로 떠나는 여행길은 당연히 사고 위험이 몇 배 높다. 오매불망 꿈꾸어왔던 여행이라, 현지의 단 5분도 아까운 마음에 가이드의 만류를 뿌리치고 나이트 라이프를 과하게 즐기다 보면 이 역시 사고로 연결될 수 있다. 고혈압이나 당뇨병이 있어 평소 약을 먹는 사람은 말할 것도 없고, 그렇지 않은 사람도 여행지에서 건강문제 만큼은 최대한 겸손한 자세를 가져야 한다.

여행은 무료한 일상에 변화와 재미를 주는 활력소(活力素)다. 그런 여행이 후유증 때문에 일상을 망치는 독소(毒素)가 되어서는 안 될 것이다.

2015.10.19

해외여행,
돈 얼마나
가져가야 하나?

세상 살아가면서 돈에 관해서는 아무래도 항상 여유로운 쪽이 좋지만 해외여행이라면 약간 이야기가 다르다. 지나치게 많은 외화를 가지고 출국을 하게 되면 분실의 위험은 물론, 그로 인한 여러 불편함이 일어나기 때문이다. 우선 출국 시 미화 1만달러 이상(원화 및 다른 통화 합산)을 소지하게 되는 경우는 무조건 세관에 신고해야 한다. 물론 일반 여행객이 그렇게 큰돈을 가져갈리는 없지만 실제로 인기 관광지인 동남아시아 어느 국가에서는 '한국인은 현금을 많이 가지고 다니는 캐시백'이라는 소문까지 퍼져 한국인 대상 범죄가 종종 일어나고 있기도 하다.

해외에서 필요한 경비는 여행 종류에 따라 크게 달라진다.

먼저 가이드가 동행하며 식사와 숙소, 관광지 입장요금까지 모두 해결해주는 패키지여행은 매너팁과 음료수 마실 비용 정도만 챙기면 된다. 단, 여행 전 나눠주는 일정표 식사 부분에 '자유식'이나 '개별식'으로 표기된 것이 있다면 이는 밥을 직접 사먹으라는 이야기이므로 그때 필요한 돈을 준비해야 한다. 밥값도 나라에 따라 크게 차이가 나지만, 대부분 관광객이 이용하는 깨끗한 식당은 1인당 1만~3만원 정도로 여유 있게 예산을 마련하는 것이 낭패를 면할 수 있는 길이다. 정말 값싸게 먹으려면 1000원짜리 길거리 음식도 있지만, 모처럼의 여행을 고생스러운 것으로 만들지 않으려면 끼니만큼은 제대로 챙겨먹기를 권한다. 맛도 물론이지만 무엇보다 먹을거리의 안전성 문제 때문이기도 하다.

항공권과 호텔만 예약하고 떠나는 자유여행은 당연히 돈이 더 많이 든다. 매끼니 밥값과 관광지 입장요금, 교통요금까지 직접 지불해야 하기 때문이다. 사실 이 비용은 상식적으로 생각해보면 그리 어렵지 않게 계산이 가능하다. 일본이나 북유럽처럼 물가가 비싼 곳이라면 하루 1인당 15만원 정도로 잡고 움직이는 것이 넉넉하다. 주의할 점은 캄보디아나 베트남, 중국처럼 물가가 저렴하다고 알려진 곳이라고 해서 만만히 보면 안 된다는 것. 현지인들이 이용하는 식당이 아닌, 관광객이 들를 만한 곳의 밥값은 최소 우리돈 1만원 이상 하는 곳이 많다.

여기에 외국인 이중가격제를 실시하는 나라의 경우 관광지 입장요금 역시 무시할 수 없는 금액이다.

얼마전 나갔던 외부 강연에서 청중 한분이 "여행에 필요한 경비를 어떻게 마련하는 것이 가장 좋을까요?"라고 질문을 하기에 "남편 카드로 확 긁어서 여행사 경비를 지불하고, 자식들이 준 용돈으로 여유 경비를 마련하시라"고 답을 했더니 큰 박수를 받은 적이 있다. 여행지에서 만큼은 돈에 대한 스트레스를 잠시 잊자는 이야기다. 돈이 아깝다고 무한정 아끼다가는 모처럼의 여행이 정말 '돈 아까운 여행'이 되어버릴 수 있다는 것 정도만 명심하자.

2015.10.12

외국여행
기념품
뭐가 좋을까?

출장이든 여행이든 외국에 나갔다 돌아오는 길에 항상 고민되는 것이 기념품이다. 나갈 때는 "이번에는 아무것도 사오지 말아야지"라고 생각했다가도, 귀국길 캐리어 안을 보면 여지없이 이런저런 기념품과 선물들로 빼곡하다. 이국에서 느꼈던 설렘과 감동을 소중한 사람과 함께 나누고 싶은 것이 인지상정이니 이를 탓할 일은 아니다. 필자는 외국여행 기념품을 고를 때 몇 가지 원칙을 정해두고 있다.

첫째, 한국에서 구할 수 없거나, 한국에 있더라도 현지와 가격 차가 많이 나는 것이 좋다. 둘째, 그 가격대에 구할 수 있는 최상품을 고른다. 예컨대 예산이 2만원이라면 최고급 손톱깎이를 산다든지 하는 식이다. 셋째, 내 여행의 추억이 받는 사람에게도 비슷한 감성으로 전해질 수 있는 물건이어야 한다. 넷째, 선물을 구입할 때는 내 예산을 기준으로 하지만, 받는 사람 필요성도 함께 고려해야 한다.

이 같은 네 가지 조건을 모두 만족시키는 기념품은 흔치 않지만 선물을 받고 기뻐할 소중한 사람을 떠올리며 고르다보면 그 자체도 여행의 즐거움이 된다. 그리고 분명히 안성맞춤인 기념품은 나타나게 마련이다.

외국여행 기념품, 과연 어떤 것이 좋을까?

먼저, 터키에 가면 푸른색 바탕에 무언가의 눈을 그려 넣은 유리 장식품 '나자르 본주'를 주목하자. 소유자를 항상 보호해준다는 믿음을 담은 수호물인데, 색이 고와 장신구는 물론 인테리어 소품으로 사용해도 좋다. '장미 오일'도 터키의 대표적인 기념품이다. 의외로 많이 알려지지 않아 여성들에게 인기가 좋고, 현지에서는 국내 가격 대비 반값 정도에 구할 수 있다.

이탈리아 북부 피렌체나 밀라노에 갔다면 '산타마리아노벨라' 매장에 짬을 내어 들러볼 것. 수도원에서 천연재료로만 만들었다는 화장품 브랜드인데, 200g짜리 사포네 비누 하나가 현지에선 12유로(약 1만6000원)지만 국내에서는 4만원이나 한다.

가까운 일본에서는 '로이히 쓰보코'라는 작고 동그란 파스가 인기 있다. '동전 파스'라는 별명으로 불리는데 아직 한국에 정식 수입되지 않아 희소성이 있다. 손목 발목처럼 면적이 좁은 곳에 붙이기 좋은 아이디어 상품이다. 한때 인기를 끌었던 '휴족시간'은 이제 국내에서 쉽게 구할 수 있어 추천하지 않는다.

어느 관광지에서나 쉽게 살 수 있고 가격대도 만만한 기념품인 '냉장고 자석'은 잘 골라야 한다. 유명 건축물이나 랜드마크 모양 자석은 그곳에 다녀 온 본인에게만 기념이 될 뿐이다. 대신 장식용으로 쓰기에 충분히 예쁜 자석도 꽤 있다. 베니스에는 카니발 축제 기간에 쓰는 가면 자석이 다채롭고, 네팔에는 힌두교와 불교에서 깨달음을 뜻하는 '옴(Om)' 자석이 우리 전통문양과도 비슷해 예쁘다. 시칠리아에는 빨간 고추 페페론치노 자석이, 도자기로 유명한 헝가리에서는 직접 가져오기 힘든 실제 도자기 대신 똑같은 모양으로 된 자석을 팔고 있다. 이 밖에도 하와이 청정 바다 소금과 니이하우 조개로 만든 장신구, 스페인 국화 꿀차와 마카오, 싱가포르 비첸향 육포 등도 받는 사람이 기분 좋아할 만한 기념품이다.

그러나 소중한 사람이 기뻐할 가장 좋은 선물은, 여행자 본인이 건강한 모습으로 돌아오는 것이라는 걸 잊지 말았으면 한다.

2015.10.05

재미난
공항이야기

공항은 외국여행의 출발점이자 마침표다. 나라마다 좋은 공항을 만들기 위해 노력하지만, 시설과 서비스 양쪽을 만족하는 훌륭한 공항을 가지고 있는 나라는 드물다. 우리 인천국제공항이 2005년 이후 10년 연속으로 세계공항서비스평가(ASQ·Airport Service Quality)에서 1위로 선정된 것은 그래서 더욱 기쁘다.

게다가 요즘에는 수익성이 좋지 못했던 국내 지방 공항이 저비용 항공사들의 잇단 취항으로 그나마 숨통이 트인다고 한다. 이역시 바람직한 일이다. 지방 공항 활성화는 그 어떤 경기 부양책보다 국토 균형 발전에 도움이 될 것이다. 오늘은 조금 신기하고 재미난 전세계 공항 몇 군데를 소개할까 한다.

내셔널지오그래픽이 선정한 '세계에서 가장 극단적인 환경에 있는 공항 7곳(World's 7 Most Extreme Airports)'을 살펴보자.

단연 눈에 띄는 곳은 가장 짧은 활주로로 유명한 남아프리카 레소토 왕국의 마테카니 공항이다. 이 공항 활주로 길이는 겨우 396m, 게다가 활주로 끝은 해발 2286m 높이의 까마득한 절벽으로 되어 있다. 웬만한 항공모함 길이밖에 안 되는 활주로 길이 때문에 일반 항공기는 이착륙이 불가능하고, 작은 경비행기만 제한적으로 이착륙이 허용된다고 한다.

프랑스 쿠르슈벨 공항은 해발 2008m 높이 알프스 산맥 한 자락을 깎아 만든 공항이다. 영화 007시리즈 18탄 '네버다이(Tomorrow Never Dies)' 오프닝 장면에 등장한 곳이기도 한데, 영화 주인공인 피어스 브로스넌이 촬영을 위해 이곳을 방문했을 때 '현재까지 공항 이용객 중 살아남은 사람은 몇이나 되죠?'라고 물었던 일화도 전해진다. 부탄으로 들어가는 유일한 국제공항인 파로공항은 히말라야 산맥 안쪽 해발 2230m에 자리하고 있다. 남극과 북극에도 버젓이 공항이 있는데 남극대륙 얼음 위에는 로스 섬의 시아이스 런웨이 공항이, 북극에 가기 위해서는 노르웨이령 스발바르 공항을 이용하면 된다.

스코틀랜드 바라 공항은 밀물 때는 물에 잠겼다가 썰물 때가 되어야 나타나는 활주로로 유명하다.

카리브해 네덜란드령 사바섬에 있는 이라우스퀸 공항은 꽤 낭만적이고 아름다운 공항이다. 섬 한쪽 완만한 경사를 따라 구불구

불 내려온 도로 끝에 작게 들어앉은 공항은 어쩌면 배가 들어오는 선착장 같은 분위기를 풍기기도 한다. 인터넷에서는 '세계에서 가장 위험한 공항'으로 알려진 곳이기도 한데, 이는 앞에서 예를 든 내셔널지오그래픽 뉴스를 번역할 때 생겼던 오역이다.

내셔널지오그래픽이 꼽은 7곳 외에도 카리브해에 있는 네덜란드령 세인트 마틴섬의 줄리아나 프린세스 공항은 해변을 거니는 관광객들 머리 바로 위로 스칠 듯 비행기가 착륙하는 공항으로 유명하다. 이 공항의 비행기 착륙 사진은 인터넷에서 '합성사진 논란'을 불러일으키기도 했다.

지금은 폐쇄된 홍콩 카이탁 공항도 위험하기로는 꽤 악명 높았던 곳이다. 홍콩의 높은 건물들을 피해 착륙하려다 보니 활주로 몇 ㎞를 남기고 47도라는 큰 각도로 급선회해야만 했기 때문에 당시 홍콩을 드나들던 관광객들은 크게 기울어진 기내에서 창문으로 바로 보이는 마천루들을 보며 오금이 저렸을 만도 하다.

이런 공항을 소개하는 필자도 사실 그 신기하고 재미난 공항에 가고 싶은 생각은 없다. 공항이라는 곳은 무엇보다도 '안전'을 최우선으로 해야 하는 곳이기 때문이다. 같은 이유로 독자 여러분에게도 추천하고 싶은 공항은 아니다.

2015.09.21

여행상품 가격,
숨은그림찾기

　요즘은 좀 나아진 것 같지만 얼마 전까지 여행사가 일반 고객에게 자신의 상품을 알리는 길은 신문광고가 거의 유일했다. 이왕 비싼 신문 광고 지면을 쓰는 거, 좀 멋지게 회사의 장점도 알리고 자사 여행상품 특징 같은 것도 예쁘게 담으면 좋았을 텐데 아쉽게도 대부분 여행사는 그렇지 못했다. 한정된 지면에 최대한 많은 상품을 담으려다 보니 고객에게 알려야 할 상품의 장점과 주의할 점보다는 '누가 더 값이 싼지'만 가지고 경쟁을 했던 것이다.

　신문 광고에는 분명히 29만9000원이라고 나와서 전화를 했는데, 담당자와 통화하면 '그 날짜는 이미 마감돼서 10만원이 추가되는 다른 날짜로 가시라'거나, '이 상품엔 이러이러한 비용이 포함돼 있지 않으니 추가 요금을 함께 입금해 주셔야 한다'는 안내를 받게 된다. 그렇게 예약을 마치고 나면 결국 광고에 표기된 29만9000원의 두 배가 훌쩍 넘는 돈을 내야만 했던 웃지 못할 경우도 생긴다.

그러면 진짜 여행상품 가격은 어떻게 알아보면 될까.

29만9000원이라는 가격 표기 속에 숨은 그림은 어떻게 찾아내면 될까. 먼저 여행사에 전화를 걸어 예약 상담을 하기 전에 그 회사 홈페이지에 들어가 신문광고에서는 확인하기 힘든 '포함 사항'과 '불포함 사항'을 살펴야 한다. 패키지여행의 경우 신문 광고에 노출시키는 상품 가격에는 공항이용료를 포함한 택스(전쟁보험료, 문화관광진흥기금) 등 대부분 비용을 포함해야 한다. 그러니 택스는 들어 있는지, 가이드 팁은 강제 사항인지 권유 사항인지, 식사는 모두 포함된 것인지(내역 중 '자유식'으로 표기한 것은 밥을 개인이 사 먹으라는 얘기다) 등을 확인하는 건 필수. 공통 경비라고 돼 있는 부분도 잘 살피자. 상식적으로 판단했을 때 납득이 가능한 생수 값(유럽 여행에서)이라든가, 운전기사 수고료 등이야 문제가 없다. 하지만 당연히 포함돼 있어야 할 관광지 입장료 등을 공통 경비에 포함시키는 편법을 쓰는 여행사도 간혹 있기 때문이다.

하나 염두에 둬야 할 것은 여행사 홈페이지에 이 같은 포함 사항과 불포함 사항이 찾기 쉽게 상단에 잘 자리하고 있는지다. 정상적인 여행사는 이 부분을 숨길 필요가 없으니 가급적 잘 보이도록 표시하지만, 어딘가 '꼼수'를 부려야 수익이 나는 여행사는 상품 설명 맨 아래쪽에 찾기 힘들게 배치한다. 또 상품 총액에 유류할증료는 제대로 표시하고 있는지, 환율 상승으로 인한 환율 추가

분은 명확한 기준이 제대로 명시돼 있는지도 꼼꼼히 살피는 것이
좋다.

그런데 아이러니한 것은 여행사들이 이렇게 편법을 쓰게 만든
것이 우리 고객들이라는 사실이다. 29만9000원이라고 표기된 여
행상품에는 실제 내는 돈이 얼마가 되든지 상관없이 전화와 예약
이 몰리고, 아예 처음부터 모든 가격을 포함시켜서 49만원이라고
광고하는 여행상품에는 하루 종일 전화 한 통 오지 않는 것이 현
실이니까 말이다.

소비자가 많이 똑똑해진 시대다. 싼 게 비지떡일 가능성이 높
다. 꼼꼼하게 살펴보며 찾아보고 판단해야 한다. 눈속임 없이 정
직한 가격으로 정당한 여행상품을 만들어 파는 좋은 여행사를 찾
는 것은 오로지 소비자 몫이라는 말이다.

2015.09.14

여행,
Where와
How사이

"요즘 그 동네가 뜬다며? 거기 여행하기 정말 좋아?" 여행사 대표를 맡고 있는 죄(?)로 심심찮게 받는 질문이다. 진짜 여행 계획도 없이 괜스레 궁금해서 물어보는 것 같으면, 대충 "여행은 어디로 가느냐보다 누구와 함께 가느냐가 더 중요하다"는 답으로 얼버무리기도 한다. 그런데 이것이 백점짜리 정답은 아니라는 것은 묻는 사람도 잘 알고 있다. 사실 여행지에 대한 질문을 하는 사람들의 거의 대부분이 누구와 함께 갈지는 이미 정해져 있는 경우가 대다수이기 때문이다.

여행 계획을 세우기 전에 반드시 결정해야 할 세 가지 요소가 있는데 '언제', '누구와', '어디로 갈 것인가' 하는 것이다. 사실 이 중 앞의 두 가지, '언제'와 '누구'는 은퇴한 싱글이거나 어지간히 배포가 큰 사람이 아니라면 본인이 독단적으로 결정할 수 없는 요소다. 그래서 '어디로'가 더욱 중요해지는데, 솔직히 여행을 다니면 다닐수록 이 간단한 질문에 대답하기가 점점 어려워지는 느낌이다.

처음 몇 번 해외에 다녀왔을 때는 선배 여행자로서 경험을 살려 "아, 거기는 꼭 봐야지. 그리고 다음 여행은 이쪽이 좋아"라며 확신에 찬 대답을 주었지만, 이제는 그런 감정이 나만의 것은 아니었는지 하는 반성도 들고 솔직히 자신이 없다.

내가 하루를 꼬박 보고도 시간이 아쉬웠던 스페인의 어느 미술관이, 다른 여행자에게는 그냥 지나가는 '인증샷' 촬영용 코스일 수도 있고, 나는 무심코 지나쳤던 파리의 작은 뒷골목이 또 다른 이에게는 가슴이 시큰할 만큼 감동적인 풍경일 수도 있으니 말이다.

얼마 전 동남아 미얀마와 라오스의 오지에 갔을 때 수도와 전기 등 사회적 인프라시설 개발이 전혀 이뤄지지 않은 동네를 돌아볼 일이 있었다. 시골에서 자랐던 필자는 잠시 어린 시절 추억에 잠기는 아련한 행복을 느꼈지만, 함께 갔던 도시 출신 친구는 그런 상황이 영 내키지 않는 듯 불편한 표정을 짓고 있었다. 같은 지역, 같은 시간에 함께 가도 역시 각자 느끼는 감동의 지수는 다르다는 것을 확인한 경우였다. "음식이 손맛이라면 여행은 마음의 맛"이라고나 할까.

그런 이유로, 속칭 '요즘 뜨는' 여행지를 찾아갈 경우엔 나름의 몇 가지 각오를 하는 것이 좋다.

첫째, 영화나 드라마 속 멋진 장면을 생각하는 것은 자유지만 같은 감동을 기대하지는 말아야 한다. 가장 아름다운 시간대에 전문가의 앵글로 최고의 장비를 동원해 찍었을 그 장면이 똑같은 모습으로 펼쳐져 있기는 힘들다.

둘째, 영화나 드라마 속의 작은 에피소드를 따라하는 재미를 느껴보자. 스토리의 주인공이 잠시 되어보는 것. 로마 스페인 계단에서는 젤라토 아이스크림을 맛보며 오드리 헵번이 되어보기도 하고, 눈 덮인 홋카이도에 가서는 "오겡키데스카"를 외쳐보자. 아는 만큼 보이는 법이니 가능한 한 많은 이야기를 알고 가면 더 좋다.

셋째, 하루쯤은 카메라 없이 다녀보자. 나중에 꺼내 볼 사진보다는 다시 못 올 여행지의 그 순간을 즐기라는 이야기.

얼마 전 읽었던 책의 한 구절을 음미하며 여행이 무엇인지 다시 생각해본다. "여행은 내가 원하는 삶을 발견하고 삶의 우선순위를 다시 정리하는 가장 좋은 방법이다."

2015.09.07

성형으로
달라진 얼굴,
출국심사 통과될까?

　　범죄조직 보스와 그를 쫓는 형사, 그 두 사람 얼굴이 뒤바뀐 이야기 '페이스오프'란 영화가 있다. 1997년에 만들어진 영화니 벌써 20년 가까이 되었는데, 당시만 해도 "영화니까 가능한 이야기"라며 재미있게 보고 넘어갔지만 요즘처럼 성형 기술이 발전한 시대에는 정말 그런 얼굴 바꿔치기가 가능하지 않을까 생각이 든다.

　　그럼 여기서 궁금증 한 가지. 성형수술로 얼굴이 확 달라졌다면 과연 출국심사에서 통과가 가능할까? 정답부터 얘기한다. '원칙적으로는 불가능하다'는 것. 여권 사진을 찍을 때는 몇 가지 원칙이 있다. 모자를 쓰지 말 것, 양쪽 귀가 모두 보여야 할 것, 얼굴 정면을 찍을 것 등이다. 이런 까다로운 조건 때문에 집에서 디지털카메라로 여권사진을 찍어 신청했다가 발급이 거부되는 사례도 종종 있다.

왜 이 같은 까다로운 조건을 두었을까? 당연히, 여권에 부착된 사진으로 본인임을 확인하기 위함이다. 출입국 심사 때는 모자도 벗어야 하며, 마스크나 귀마개, 선글라스, 스카프 등 얼굴을 가리는 어떤 부착물도 착용해서는 안 된다. 휴대폰 통화도 얼굴 판단에 영향을 주므로 금지되어 있다.

이렇게 엄격한데, 성형으로 얼굴이 '확' 달라졌다면? 출국 심사 때야 우리말이 통하니까, '제가 얼마 전에 코를 높였고요, 앞트임도 했는데 결과가 너무 잘 나왔네요'라는 농담이 100분의 1 확률로 먹힐 수도 있겠지만 말도 안 통하는 현지 입국심사 때는 방법이 없다. 가장 맘 편하고 좋은 방법은 새 사진으로 여권을 재발급받는 것.

그럼 이런 때는 어떨까? 외국인이 의료관광차 입국하여 국내에서 성형수술 후 달라진 얼굴로 출국한다면. 실제로 성형관광을 위해 한국을 찾는 중국인들이 많아지면서 최근 인천공항에는 여권 심사 때 얼굴이 달라진 중국인들이 종종 눈에 띈다고 한다.

이처럼 여권을 재발급받기가 불가능한 상황에서 출입국 심사를 받으려면 해당 성형외과에 '성형 확인증'을 받아두는 것이 좋다. 하지만 이 확인증은 법적으로 완벽한 증명이 되기는 힘들다. 출입국 심사관이 판단을 할 때 참고자료로 활용을 할 뿐 100% 본인임을 보장하는 증명은 아니라는 것이다. 인천공항에서는 이처럼 본인 확인이 모호할 때 내국인은 공항경찰 협조를 얻어 지문 조회 등을 통해 신분 확인을 하고 외국인은 여권감식과에서 정밀 감식 후에 출국을 허가한다고 한다.

이거 참, 10여 년 전만 해도 전혀 걱정할 필요도 없었던 고민들이다. 그런 고민이 많은 세상에 우리는 살고 있다.

2015.08.31

잠시,
게으름 피워도
됩니다

올 초 TV 광고를 준비하면서 재미있는 시도를 하나 해보았다. 30초 동안 카메라 앵글 이동 없이 휴양지 해변 영상만 보여주고 자연의 소리 외에는 아무것도 넣지 않는 것. 그리고 상단에는 회사 이름과 '30초의 휴식'이라는 자막이 전부. 광고를 진행하고 몇 달 지나지 않았는데 반응이 꽤 좋다.

'화려하고 멋진 것들만 난무하는 광고 틈바구니에서 정말 30초를 쉬어가는 기분' '이런 광고가 많아졌으면 한다'는 의견들이다.
언제부턴가 이런 '힐링(Healing)'이 대세가 되었다.
'힐링캠프'라는 제목의 TV 프로그램도 방영되고, '힐링푸드' '힐링무비' '힐링문학' 등 수많은 관련 아이템이 쏟아지고 있다. 이제 힐링은 몸과 마음의 치유라는 원래 뜻을 넘어서 새로운 소비 패턴을 만들어내는 사회 전반의 키워드로 자리 잡고 있다. 여행업도 예외는 아니다. 인기 포털사이트에서 '힐링투어'라는 검색어를 입력하면 10여 개 광고주들이 비싼 키워드 비용을 지불하면서 광고를 진행하고 있다.

힐링여행이란 무엇일까? 사전적 해석으로는 '평상시 세상에서의 치열한 삶과 복잡다기한 인간관계에서 지친 몸과 마음을 치료할 수 있는 여행'을 말한다. 경치 좋은 곳과 맛있는 식당, 화려한 쇼핑센터를 찾아다니며 사진 찍기와 추억 만들기에 열중하는 코스도 충분히 의미는 있다. 하지만 가끔은 한 템포 느린, 음악 빠르기로 '안단테'쯤 되는 여행과 같은 힐링여행도 나름의 소중한 가치를 지니고 있는 것.

티베트에서 순례자의 오체투지를 보면서 인간의 탐욕을 부끄러워하고, 사원의 마니차를 돌리면서 영혼을 정화하고, 세계 3대 불교유적지 중 하나인 미얀마의 천년고도 바간에서 순박한 미소를 머금은 불상을 마주하는 여행은 지금까지 여행과는 차원이 다른 것이다.

시간과 돈을 들여 멀리 갈 필요도 없다. 한여름 무주 덕유산 구천동의 얼음장 같은 계곡물에 몸을 담그고 있으면서 지긋이 눈을 감고, 한겨울 홋카이도의 눈 내리는 노천온천에 있는 자신을 상상해 보는 것, 그것 또한 바로 마음의 힐링여행이다.

여행사를 운영하는 입장에서 보아도, 힐링여행을 원하는 고객이 점점 많아지고 있음을 체감한다. 여행사는 고객 요구에 따라 상품을 만들고 변화하기 때문에 쉼과 휴양을 중시하는 여행의 비중은 점점 늘어가는 추세다.

빡빡한 패키지 일정 중 하루나 이틀을 완전한 자유시간으로 주는 '패키지 속 자유' 상품이나, 낮 12시부터 일정을 시작하는 '늦잠 자는 중국여행' 같은 여행 상품이 대표적이다.

유명 리조트인 클럽메드(Club Med)는 이미 오래전 '아무것도 하지 않을 자유, 무엇이든 할 수 있는 자유'를 슬로건으로 내걸고 이와 같은 여행을 준비해왔다. 스트레스에 지친 몸과 마음의 균형을 잡아주는 힐링여행은 반드시 필요하며 앞으로도 더욱 넓게 자리매김할 것이 분명하다.

2015.08.24

여행은 패션,
스마트 드레서
되기

연전에 인터넷 한 커뮤니티에서 '한국인의 등산복 사랑'을 주제로 논쟁이 붙은 적이 있다. "유럽 도시마다 한국인 관광객들이 몸에 딱 붙는 오색찬란한 등산복을 단체복처럼 입는데 외국인들이 보기에 좋지 않다"는 기사가 발단이 된 거다. 네티즌들의 의견은 극과 극으로 나뉘었다. '내가 편하면 된다. 남의 눈을 의식하는 것은 사대주의다'는 의견과 '꼴불견이다. 등산복을 입더라도 좀 어울리게 입었으면 한다'는 주장이다.

따지고 보면 옷을 잘 입는 것, 쉬운 일이 아니다. 비싼 옷을 잘 차려입는 것은 어찌 보면 간단하지만 그렇다고 모든 명품이 아름다운 것은 아니다. 편안하면서 자기 몸과 상황에 어울리는 깔끔한 옷차림을 보고 우리는 '옷을 잘 입는다'고 한다. 패션리더들은 보통 '시간, 장소, 경우'를 뜻하는 영문의 약자로 TPO(Time, Place, Occasion)만 잘 지켜서 입으면 무난하다고 말한다.

가끔 '연예인 공항패션'이 화제가 되는 경우가 있다. 대부분 화려하고 기발하며 눈길을 확 끄는 대담한 차림이다. 사실 이것은 인기 관리를 위한 측면이 강하고 실제 여행에 필요한 활동성과는 동떨어진 경우가 많다. 특히 기내에서는 활동이 제한적이기 때문에 무조건 편한 옷을 입는 것이 좋다. 그러면 트레이닝복이나 반바지가 정답일까?

여행지에 도착한 즉시 호텔로 가지 않고 바로 일정이 이어지거나 탑승 전에 면세점 쇼핑, 편의시설 이용 등의 이유로 또 너무 편한 복장만을 고집할 수 없는 고충이 따른다.

스마트한 여행객의 공항패션은 '적당히 편하면서도 어색하지 않고 최소한의 예의를 갖춘' 정도의 복장이 무난하다. 무엇보다도 도착지 날씨와의 궁합이 가장 중요하다. 출발지와 도착지의 기온 차이가 어느 정도 있다면 반팔 셔츠에 카디건이나 얇은 점퍼를 준비하면 편하다. 동남아 지역을 목적지로 삼는다면 준비가 한결 편해진다. 애써 트렁크에 이 옷, 저 옷 꾸리지 말고 현지에 도착하자마자 몇 벌을 사 입는 방법을 추천한다.

현지 분위기에 잘 어울려 자연스러울 뿐만 아니라 여행을 마친 후에는 좋은 기념품이 되기도 한다. 슬리퍼처럼 공간을 많이 차지하는 신발도 현지에서 몇 천 원 안쪽으로 쉽게 구할 수 있으니 과감히 짐에서 빼자. 파리와 밀라노 등 패션 대표도시에 가서는 스카프 같은 작은 소품을 사서 포인트를 주는 것도 멋쟁이 여행객이 되는 방법이다.

사실 여행은 일상의 해방이다. 그런데 그 해방감에 대한 기대가 너무 커서 누가 봐도 이상한 옷을 과감하게 입고 집을 나선다면 남들의 시선은 둘째치고라도 여행 내내 그 어색함 때문에 여행을 망칠지도 모른다. 이럴 때 아니면 언제 입어보겠느냐는 모험심도 좋지만 여행지도 우리와 똑같은 사람이 사는 곳이라는 것을 떠올리면 답은 나온다. 명심하시라. 여행지에선 베스트드레서보다는 스마트드레서가 되어야 한다는 걸.

2015.08.17

기내식
'스카이 먹방 별미'

해외로 나갈 때마다 참 신기하게 느껴지는 것이 바로 이 기내식의 맛이다. 평소에 아무리 닭고기덮밥이나 비빔밥을 시켜 먹어도 비행기 안에서의 그 맛이 나오지 않는다. 기내식에 무슨 특별한 마법 같은 것이 있을까? 실제로 지인 한 분은 수만 피트 상공에서 바로 끓인 기내식 라면의 맛을 못 잊어 비즈니스석을 즐겨 탄다고 하니, 필자만 독특한 미각을 갖고 있는 것은 아닌 듯싶다.

기내식의 종류는 비행 소요시간에 따라 구분되는데 비행시간이 2시간 이상인 경우에는 따뜻한 음식인 '핫밀(Hot Meal)'이, 그 이하의 단거리 구간에는 재가열하지 않은 상온상태의 음식 '콜드밀(Cold Meal)'이 나온다.

핫밀은 반쯤 익힌 상태로 기내에 반입한 후, 서비스 시간에 맞추어 기내에 마련된 오븐을 활용하여 완전 조리해서 제공한다.

기내식은 여행의 '설레는 시작'과 '아름다운 마무리'를 만들어 주는 즐거운 요소다. 몇몇 저비용 항공사들은 단가 문제로 기내식을 기본으로 제공하지 않는 경우도 있지만, 약간의 비용만 낸다면 비즈니스석에서나 맛볼 수 있는 컵라면과 김치세트도 먹을 수 있으니 이 역시 즐겁다.

그러면 기내식은 도대체 얼마짜리일까?

기내식은 항공사와 좌석 등급, 노선별로 차이가 있는 데다 원가도 대외비로 일반에게 공개되지 않아 정확한 가격을 산정하기가 쉽지 않다. 하지만 그동안 먹어보았던 기내식의 수준으로 어림짐작해 볼 때, 대략 일반석이 1만원 언저리, 비즈니스석은 3만~5만원 정도, 일등석은 10만원 선으로 추산된다.

나름 비싼 비행기 값을 지불하고 받는 서비스인 만큼, 웬만하면 기내에서는 졸지 말고 기내식을 꼭 챙겨먹도록 하자. 혹여 깜빡잠이 들어 기내식 서비스를 못 받았을 때는 좌석 앞 등받이를 확인해 볼 것. '편안히 주무셨습니까? 고객님의 휴식을 방해하지 않기 위해 서비스를 제공하지 못하였습니다. 원하시면 승무원을 불러주세요'라는 내용의 스티커가 붙어 있을 것이다. 그러면 조용히 승무원 호출 버튼을 누르고 기내식을 달라고 하면 된다.

국제기내식협회(ITCA)라는 곳이 해마다 최고의 기내식을 선정해 머큐리상(Mercury Prize)을 수여하는데 대한항공의 비빔밥과 아시아나항공의 영양쌈밥이 각각 대상을 차지한 바 있다. 단순히 끼니를 때우는 음식이 아닌 별미로 자리잡은 기내식에 대해 항공사들은 자국 음식문화의 자존심을 걸고 최고의 기내식을 만들기 위해 노력 중이다. 우리 대한항공과 아시아나항공은 세계적 수준의 기내식 제조시설을 갖추고 있으며, 외국 항공사들이 부러워할 만한 최상의 기내식 서비스 매뉴얼을 갖춰 많은 여행객들에게 만족감을 주고 있다.

2015.08.10

여행 가방에
책 한 권,
어떤가요?

'사랑하면 알게 되고 알게 되면 보이나니, 그때 보이는 것은 전과 같지 않다.' 유홍준 교수의 명문장으로 알려진 이 글은 사실 조선 후기 문장가 유한준의 '지즉위진애(知則爲眞愛) 애즉위진간(愛則爲眞看)'을 현대 감각에 맞게 재창조한 말이다. 원문은 '알게 되면 사랑하게 되고, 그 사랑으로 제대로 본다'는 뜻.

여행이 딱 그렇다. 가보지 못한 세계에 대한 짝사랑, 여행을 준비하는 사람들은 그 사랑을 만나기 전까지 공부를 한다. 그 다음 만나는 여행지는 이전과 같지 않다. 여행을 떠나기 전에 하는 공부는 운동 전에 하는 스트레칭이나 겨울철 차량의 워밍업과 같다. 자유여행은 물론이거니와 전문 인솔자가 함께하는 패키지여행에도 공부는 꼭 필요하다.

흔히 그냥 '앙코르와트'라고 부르는 시엠레아프의 앙코르톰은 유적 전체를 휘감아 도는 어마어마한 규모의 부조를 보는 것이 백미다. 그런데 그 조각이 어떤 이야기를 나타내는 것인지 모르면 그저 '예쁜 돌조각'일 뿐이다.

이집트 사막의 경이로운 피라미드 앞에 서서 "와 정말 크네" 한마디, 프랑스 파리의 야경이나 피오르의 장관도 "와 멋지네" 한마디로 끝이라면 많은 비용과 시간을 투자하고 간 여행이 너무 허탈하지 않겠는가?

밀라노 대성당 앞에서는 성모 마리아의 생애를 감상할 줄 알아야 하며, 로마의 스페인 계단에 가서는 본젤라토를 맛나게 먹는 '앤 공주(오드리 헵번)'를 떠올릴 수 있어야 여행이 즐거워진다.

여행 전 공부가 가장 필요한 곳이 바로 유럽의 궁전과 박물관, 미술관이다. 가끔 사장이 아닌 척하고 패키지여행에 슬쩍 동행할 때가 있는데, 바티칸이나 루브르박물관에 가면 미리 공부를 하고 온 분들과 그냥 편하게 몸만 떠나온 분들 행동이 완전히 다른 것을 보게 된다. 약간의 자료라도 읽고 온 분들은 평소 자기가 흥미 있었던 작품 앞에서 초롱초롱한 눈빛으로 감상을 하는 반면, 자유롭게(?) 온 분들은 미술관을 들락날락 하면서 왜들 이리 느리냐고 불평어린 얼굴로 회랑 주변을 서성인다. 루브르박물관은 누구에겐 24시간이 모자라는 곳이지만, 또 다른 누구에겐 30분의 가치도 없는 곳이 되는 것이다.

뭐랄까 최고 레스토랑에 가서 20만원짜리 코스요리를 시켰는데 처음 나온 에피타이저 하나만 먹고 "에이 별것 아니네"하고 돌아서는 것과 같다고 할까?

여행지에 대한 공부는 어렵지 않다.

서점에만 가도 관련 서적이 수십 종이 있고, 그냥 인터넷 검색창에 해당 관광지만 검색해도 쓸만한 정보가 넘친다.

물론 이 바쁜 시절에 무슨 여행지를 시간을 들여 공부하느냐, 공부는 학생 때 한 것만으로도 진저리가 난다 하는 분들 분명히 계신다. 정 시간이 없다면 학생 때 즐겨하던 '벼락치기'도 추천한다. '여행은 떠나기 전이 반'이란 말도 있지 않은가. 어릴 적 소풍 가는 날, 새벽에 어머니가 싸주시던 김밥 자투리를 얻어먹기 위해 흘리던 군침을 생각하며 여행을 준비하자.

여행 가방에 책 한 권 넣고 떠나는 여행은 전과 같지 않을 것이다.

2015.08.03

호텔 조식이
우아해지는
2가지 팁

요즘 예능 대세는 음식 프로그램이다.

맛집을 소개하는 방송은 예전에도 무수히 있었지만 최근
들어 눈에 띄는 것은 '먹방(먹는 것을 보여주는 방송)'이 아니라 '쿡방
(요리하는 것을 보여주는 방송)'이 인기를 끈다는 점. 외국여행에서 빼
놓을 수 없는 즐거움 역시 맛난 음식, 매일 아침 만나게 되는 호텔
조식을 좀 더 우아하게 먹을 수 있는 팁 두 가지를 소개한다.

먼저 계란요리 주문. 이거 만만치 않다. 평소 좋아하는 요리 스
타일을 시키려고 하면 왜 그리 단어가 입가에서만 맴도는지 환장
할 일이다. 결국 영어가 자신 없어 그냥 돌아와 버리거나, 이미 준
비된 계란 요리를 슬쩍 집어왔던 경험. 그도 아니면 계란과 관련
해 유일하게 떠오르는 단어인 '스크램블'만 시켜먹은 기억. 솔직
히 필자만의 경험은 아니리라. 즉석 요리코너에 가서 쭈뼛거리지
않고 당당하게 원하는 것을 시키려면 계란 요리 종류 정도는 공부

해 두면 좋다. 삶은 달걀은 '보일드(boiled·완숙)'와 '하프 보일드(half boiled·반숙)'로 나뉜다. 문제는 계란 프라이다. 무려 6가지 종류다. 외워두시라.

◆ **스크램블**(Scrambled eggs) 계란을 깨고 우유와 소금을 섞은 후 휘저어서 프라이팬에 반숙 정도로 익혀 접시에 담아내는 요리.

◆ **서니 사이드 업**(Sunny side up) 계란을 깨 프라이팬에서 한쪽 면만 익힌 것으로 흰자 가장자리는 바삭바삭하고 단단하며 노른자는 뜨겁지만 완전히 익지 않은 상태로 일반적으로 우리가 '계란 프라이(Fried egg)'라고 알고 있는 음식.

◆ **오버 이지**(Over easy) 노른자를 깨지 않고 양쪽면을 다 익힌 프라이.

◆ **오버 미디엄**(Over medium) 노른자를 반 정도만 익힌 프라이.

◆ **오버 하드**(Over hard) 노른자와 흰자를 모두 다 익힌 것.

◆ **오믈렛**(Omelette) 프라이팬에 피망과 양파, 햄, 양송이 등을 잘게 썬 후 볶고 그 위에 계란을 깨서 요리한 것으로 우리나라 계란말이와 비슷하다.

이참에 '양념통' 구분법도 알아두자. 대부분 호텔 양념통은 소금과 후추 두 가지가 준비되어 있는데 내용물이 보이지 않아 당황스러울 때가 있다. 국제규약으로 정해진 것은 아니지만, 대부분 양념통 구멍이 하나인 것은 소금, 구멍이 여럿인 것은 후추라고 보면 된다.

　일류 레스토랑에서는 소금(salt)을 남쪽(south)에 세팅하기도 하는데 이는 영어 첫 글자가 같다는 점에 착안한 관행이다. 또 레스토랑에 따라서는 후추 풍미를 살리기 위해 통후추를 제공하기도 한다. 이때는 상단 캡슐 부분을 돌리면 후추가 갈려서 아래로 나오게 된다. 단, 좌우로 돌리지는 마실 것. 살짝 힘주면, 갈리는 느낌이 드는 쪽이 있다. 촌스럽지 않으려면 그쪽으로 힘주어 돌리면 된다.

2015.07.27

흥정의 기술,
여행의 묘미

집 가까이 대형마트가 두 개나 있는데도, 종종 전통시장을 찾는다. 물건 값이 저렴하다는 이유도 있지만, 어딘가 포근한 전통시장의 분위기가 마음을 편하게 해준다. '흥정'의 묘미도 매력이다. 그런데, 이게 양날의 칼이다. 흥정에 따라붙는 두 가지 요소. '덤'과 '바가지' 때문이다. 해외여행을 가도 마찬가지다. 꼭 들르고 싶은 그 나라 전통시장. 하지만 여행객들에겐 부담스러울 수 있다.

뭐 한국 시장에서야 어찌어찌 즐겁게 투닥투닥 밀고 당기기도 해보겠지만, 해외여행 중이라면 이야기가 달라진다. 난생처음 보는 도시에 와서 말도 안 통하는 사람들에게 물건을 사야 하는데 이게 제대로 된 값인지, 속된 말로 '눈 뜬 장님이 되는 것'은 아닌지 걱정이다. 그렇다고 해외여행의 가장 큰 재미라고 할 수 있는 쇼핑을 포기할 수도 없잖은가.

특별히 이 해외쇼핑에 대한 나만의 노하우를 살짝 공개해본다.

동남아시아나 중국은 물가가 우리보다 훨씬 저렴하기 때문에 아주 질 좋은 물건을 완전히 헐값에 사는 '횡재'를 할 수 있다고 생각하는 사람들이 꽤 있는데, 결론부터 말하면 전혀 그렇지 않다. 인건비에 약간의 차이가 있을 뿐이고 관광객들을 상대로 장사하는 사람들은 자기들이 포기할 수 없는 적정 가격이란 게 있어서 터무니없이 싸게 물건을 내놓지 않는다.

예를 들어 수공예로 만든 예쁜 가죽 손가방을 산다고 치자. 어떤 시장의 상인들은 일단 처음엔 30만원 이상을 부를 것(명품이란다)이고, 또 조금 양심적인 다른 상인들은 10만원 정도를 부르게 된다. 여기서 중요한 건 그들이 얼마를 부르건 아무런 상관이 없다는 점, 이것이 포인트다.

물건을 꼼꼼하게 살핀 후 "내가 이 가방을 얼마에 사면 만족스러울까?" 한번 고민해본다. 이 정도면 한국에서 사도 6만원은 넘게 줄 텐데까지 생각이 미치면 내가 그들에게 제안을 하면 된다. "4만원 오케이?"

2만원의 차이는 AS가 안 된다는 점과 어딘가 있을지 모르는 하자에 대한 불안감, 저렴한 인건비를 감안해 책정한 합리적인 할인 폭이다.

그럼 현지 상인들은 펄쩍 뛰면서 "노노노"를 외치겠지만, 그때는 깨끗이 포기하고 돌아서자. 그럼 뒤에서 "오케이 4만원" 소리가 들려올지 모른다.

현지인이 제시한 가격에 매몰되어 흥정을 시작하다보면 적정가 4만원하는 가방인데 "30만원 부르는 걸 20만원이나 깎아 10만원에 샀다"고 자랑하는 바보가 될지도 모르니 말이다.

아! 그런데 정말 중요한 이야기가 있다.

우리보다 조금 소득수준이 낮은 나라 사람들이라고 해서, 그 사람들의 인격이나 자존심까지 낮은 것은 아니라는 점을 꼭 명심했으면 한다. 우리가 현지에서 만나는 사람들이 반드시 그 몇 푼 안 되는 돈이 필요해서 웃음을 짓는 것은 아니다. 국내에서 해서 안 될 행동은 그들에게도 절대 하면 안 된다. 관광객과 현지인이 아닌, 인간과 인간으로서 인격을 가지고 존중할 때 비로소 추억에 남는 여행은 만들어진다.

2015.07.20

패키지여행과
자유여행,
뭐가 다르지?

여행을 가기 위해 가장 편하고 빠르고 쉬운 방법은 여행사 도움을 받는 것이다. 편하게 쉬러 가는 것이 여행인데 그 과정이 복잡하고 어려워서 오히려 준비 과정에서 그 기분을 망쳐버린다면 너무 억울하지 않은가? 또 대부분의 여행 준비자들은 현지 정보를 잘 모르기 때문에 이 분야 전문가 도움을 받는 것이 반드시 필요하다.

여행사 도움을 받아 여행하게 될 때 방식은 크게 패키지여행과 자유여행 두 가지로 나뉜다. 여행사에 전화를 걸어 "동남아 여행을 하고 싶은데요?"라고 물어보면 십중팔구 여행사 직원은 "가이드가 있는 패키지여행을 원하시나요, 아니면 자유여행을 가고 싶으신가요"라고 되묻는다.

패키지여행은 항공과 호텔, 식사, 현지 관광, 현지 이동 차량 등 여행에 필요한 모든 것을 한꺼번에 묶어(Package) 제공하는 여행이다. 흔히 신문 광고에 나오는 '방콕 파타야 59만9000원, 가이드 팁 포함 풀옵션'과 같은 상품들이 여기에 속한다. 가이드가 공항에서부터(때로는 현지 공항에서부터) 여행자들을 안내하고 전체 일정을 따라다니면서 호텔 체크인과 식당 예약, 관광지 안내, 현지 전세버스 기사와의 소통 등을 책임지기 때문에 여행자 입장에서는 별다른 준비 없이도 해외 여행을 할 수 있는 장점이 있다.

다만 가이드와 현지 차량 등을 미리 준비하고 빌려야 하기 때문에 일정 인원(최소 출발 인원. 보통 15~20명)이 안 되면 여행이 성사되지 않고, 정해진 일정에 따라 다른 사람들과 함께 움직여야 하기 때문에 여행의 자유도가 떨어진다는 단점이 있다.

자유여행은 그야말로 자유로운 여행이다.

여행사에서는 항공권과 호텔 예약만 대행해주고 여행 계획 수립에서부터 공항 수속, 현지 도착과 호텔 찾아가기, 귀국까지 여행자 스스로 다 해결해야만 한다. 흔히 '에어텔'이라고 부르는 것이 이 자유여행에 속하며 여기에 렌터카를 결합시킨 '에어카텔' 같은 상품도 제주여행을 중심으로 꽤 잘 팔리고 있다. 장점은 모든 일정을 여행자 마음대로 바꿀 수 있기 때문에 여행이 무척 자유롭다는 것. 단점은 항공과 호텔 예약을 제외한 모든 부분을 여행자가 직접 해결해야 하므로 현지에 대한 정보와 현지 소통 능력이 필요하다는 것이다.

패키지여행과 자유여행은 서로 그 나름의 장단점이 있기 때문에 최근에는 이 두 여행의 장점만을 결합시킨 상품도 인기를 얻는 추세다. 가이드가 따라다니지만 현지 일정 중 하루나 이틀을 완전 자유시간으로 주어 여행의 자유도를 높이는 형식인데 일반적인 패키지여행보다는 조금 비싼 값인데도 이를 찾는 여행객이 늘어나고 있다. 참좋은여행도 올해 초부터 '패키지 속 자유'라는 이름으로 이 같은 성격의 상품을 내놓았는데, 고객들에게 꽤 인기가 높다. '공동구매로 값을 낮추고, 가이드가 안전을 보장하며, 일정은 자유로운 여행.' 이것이 앞으로 여행의 대세를 이루게 될 상품이 아닐까 조심스레 예측해본다.

2015.07.06

여행할때
이것만은
지켜라

지난주 우리나라 관광객 3명이 이탈리아 밀라노 대성당에서 무인조종기(드론)를 날리다가 현지 경찰에 붙잡혀 국제적 망신을 당한 사건이 있었다. 관광지 풍광을 아름답게 담고 싶은 마음을 이해하지 못하는 바는 아니지만 그것보다 소중한 것을 놓치고 있는 것 같아 안타까웠다. 외국여행자가 1년에 1600만명을 넘는 시대에 살고 있는데, 흔한 지상파 TV에서도 '외국여행지에서 지켜야 할 에티켓'에 대한 캠페인 같은 것은 본 기억은 없다.

인천공항에서 출국할 때만 해도 모두가 신사숙녀에 매너 가득한 사람들이지만, 막상 현지에서 며칠 지내며 친해지다 보면 버스안에서 술판을 벌인다든지, 모두가 예의를 지켜야 할 식당이나 공공장소에서 이기적인 행동을 하는 등 인상을 찌푸리게 하는 일이 종종 생긴다. 귀국 당일 공항에서는 반입이 금지된 품목을 꼭꼭

숨겨서 들여오는 모습들도 눈에 띈다.

평생 한 번 별러서 가는 여행이라면 그냥 몰라서 한 실수이겠거니 하고 애교로 봐줄 수도 있지만, 해마다 여행을 떠나는 분들이 그런 모습을 보이면 가슴이 답답해진다. 소중한 시간과 돈을 들여 떠나는 외국여행은 값지고 아름다운 추억으로 만들 당위가 있다. 대한민국 여행자로서 외국에 나가서 꼭 가졌으면 하는 마음가짐이랄까, 기본자세 같은 것을 몇 가지 적어본다.

첫째, 나는 내 여행의 주인공이다.

여행 주체는 항상 나를 중심으로 이루어져야 한다. 내가 그 나라 언어를 유창하게 구사할 필요는 전혀 없으며, 그 나라 말을 모른다고 해서 기죽을 필요도 없다. 나는 고객으로서 그 나라 관광산업에 기여하는 '바이어(Buyer)'기 때문이다. 쭈뼛거리지 말고 당당한 목소리로 대화를 시도해 보자. 정 안 되면 한국어로 이야기해도 좋다. 사실, 서비스나 물건을 팔려고 하는 사람이 고객이 사용하는 언어를 배워야 하는 것이 상식 아닐까? 물론 당당한 의사소통과 '고성방가'는 다르다는 것 하나는 꼭 명심하자.

둘째, 나는 여행팀의 일원이다.

나는 개인으로 여행온 것이 아닌 단체나 그룹의 일원으로서 기본 소명을 다해야 한다. 약속된 시간과 장소 그리고 공동 편익을 위한 행동에는 일사불란하게 움직여 줘야 한다. 나 한 사람 게으름이 대다수의 불편으로 이어져서는 안 될 일이다. 짧게는 며칠, 길게는 보름 넘게 함께하는 일행은 내가 배려해야 할 '우리'며, 서로를 배려하는 여행은 그만큼 깊고 넓어진다.

셋째, 나는 1인 외교관이다.

싫든 좋든 외국에 나가면 나는 한국을 대표하는 외교사절이 된다. 교양이 철철 넘쳐흐를 필요는 없지만, 여행자로서 최소한의 교양과 매너를 가지고 행동하자. 남들에게 박수를 받지는 않더라도 다른 나라 사람들 눈살을 찌푸리게 하는 행동은 절대 금물이다.

마지막으로 한마디만 더, 가끔 "안 되는 게 어딨느냐"며 막무가내 행동을 하는 분들이 있는데, 그건 완벽하게 소통이 되고 임기응변의 상황 판단이 되는 우리나라에서나 가능한 생각이라는 것을 얘기하고 싶다. 적어도 외국여행에서는 '안 되는 것', 분명히 있다.

2015.06.29

출발 3시간 전
공항에?
이르지 않나요

"10시 비행기니까 출발 3시간 전인 7시까지는 공항에 도착하셔야 합니다." 여행사를 통해 여행을 하다보면 항상 듣는 말이 공항에 늦게 나오지 말라는 당부다.

수학여행 가는 어린 학생들도 아닌데 너무 닦달하는 것은 아닌가 하는 불편한 심기도 다소 생기기는 하지만 여러 사람이 가는 단체여행이고, 또 일찍 나가서 절차를 밟은 후 면세점 쇼핑이라도 할 요량으로 감내하는 경우가 많다. 그런데 아무리 이해하려 해도 출발 3시간 전에 나오라는 것은 너무 심하지 않은가? 특히 아침 비행기라도 타려면 그야말로 새벽별보기 운동이라도 해야 하니 말이다.

하지만 이 불평이 여행사에 들어와서 속사정을 듣고 나니 '아, 그럴 수밖에 없겠구나' 라는 이해하는 마음으로 바뀌게 됐다.

세상 모든 일이 그렇겠지만, 여행사는 100% 안전한 상황을 만들어야 한다. 고객의 영문 이름 한 글자가 틀려서 비행기를 못 타는 일도 생기고, 5분의 시간차로 여행 일정 전체가 틀어져 귀국이 하루 늦어지기도 한다.

고객의 여행이 무사히 끝나도록 도와주는 것이 주 업무인 여행사 직원은 가능하면 모든 위험 상황을 예비해 '최대한 안전한 가이드라인'을 만들어주는 것이 당연하다. 그래서 출발 3시간 전에 공항에 나오라고 당부하는 것이다.

그럼 실제로 공항에서 모든 출국 절차를 마치는 데 소요되는 시간은 얼마나 될까?

약간 혼잡한 준성수기인 6월 아침시간의 인천공항을 예로 들면, 카운터에서 비행기 실물 티켓을 받는 '보딩'에 약 30~40분, 출국 게이트에 들어서자마자 통과해야 하는 보안검색에 약 20분, 출국심사에 약 10분이 걸린다. 여기에 탑승 게이트까지 이동하는 시간이 5~20분(외항사는 트램을 타고 별도 출국동에 가야 한다) 정도다.

그리고 비행기가 뜨기 20분 전에 탑승이 시작되니 이 시간을 다 합치면 최대 110분이 나온다. 거의 2시간이다.

공항 상황이 한적하거나 본인이 운이 좋다면 1시간 이내에 이 모든 수속을 마칠 수 있지만, 대개의 경우 1시간30분 이상은 소요된다고 보면 된다. 그럼 성수기라면? 당연히 시간은 무한정 늘어나게 된다.

내 비행기 시간이 얼마 안 남았다고 특별히 보안검색을 면제시켜준다든가 하는 규정은 세계 어디에도 없다. 공항에 사람이 많아서 출국수속을 못해 비행기를 놓치게 된다면? 그건 시간을 미리 준비하지 못한 본인 탓이다.

그 외에도 시간을 잡아먹는 요소는 너무도 많다. 시내에서 미리 쇼핑한 면세점 물품을 인도받는 데 20~30분, 탑승 게이트를 혼동해서 또 몇 분, 갑자기 설사가 나서 화장실에서 또 10여 분….

에이, 아무리 그래도 비행기를 놓치는 사람이 얼마나 되겠느냐고? 모 해외 여행가격 비교 사이트에서 '전 세계 여행객 5명 중 1명은 비행기를 놓친 경험이 있으며 가장 큰 이유는 교통체증 때문이었다'는 설문조사 결과를 발표한 사실이 있다.

솔직히 공항에 2시간 전에만 도착하면 웬만큼 혼잡한 상황이 아니고서는 비행기를 놓칠 일은 없다. 하지만 만에 하나, 정말 그 만에 하나 때문에 +1시간을 얘기하는 것이다. 비행기를 놓치면 여행은 불가능하니 말이다.

2015.06.22

해외여행,
언제 떠나야
유리할까?

　　연간 해외여행자 1600만명 시대. 어느 시점에 예약하고 언제 떠나는 것이 가장 유리할까? 시간과 돈이 많다면 걱정할 일 없지만 현실은 그렇지 않은 법. 한 푼이라도 아끼고 비교해 가장 좋은 타이밍을 잡는 것도 모처럼의 해외여행을 풍요롭게 만드는 여행의 기술이다.

　　먼저 결론부터. 여행상품 가격만 고려한다면 해외여행 '비수기'라 할 수 있는 6월과 11월에 떠나는 것을 추천한다.
　　본격적 성수기인 여름휴가철과 겨울방학을 바로 앞두고 있는 시점이기 때문에 여행을 직접 떠나는 사람들보다는 여행 계획을 세우는 사례가 더 많기 때문이다.

　　여행상품 가격은 성수기와 비수기에 큰 차이가 나는데, 가족여행이 많은 우리나라에서는 초·중·고교 방학과 성수기가 대부분 겹친다. 7월과 8월, 12월과 1월 정도가 연중 여행상품이 가장 비싼 성수기라고 볼 수 있다. 특히 7월 중순에서 8월 중순까지 한 달은 '7말8초'라 불리는 기간으로 아이들 방학과 직장인 휴가가 겹치게 되므로 여행상품도 가장 비쌀뿐더러 공항 대기 시간도 3시간 이상 걸릴 정도로 인기가 많은 날짜다.

여행사 직원들만 아는 팁을 하나 귀띔하자면 설연휴와 추석연휴, 이 2대 명절 바로 앞뒤 날짜에 주목해 보라는 것이다. 학생들 방학도 아니고, 직장에서도 연휴 앞뒤로는 휴가를 내는 예가 많지 않기 때문에 예약자가 많지 않다. 하지만 여행사는 연휴 날짜 좌석을 팔기 위해서 그 앞뒤 날짜를 묶어서 사는 일이 많으므로 가끔 모객이 되지 않아 '폭탄세일'을 하는 일이 있다.

성수기와 비수기는 여행 지역에 따라 나뉘기도 한다.

최근 들어 방문자가 급격히 늘어난 유럽은 비교적 장기간 여행하기 때문에 대부분 여행객이 짐이 가벼운 여름을 선호한다. 여름에는 낮이 길어 관광하기도 편리하다. 또한 유럽은 숙소 환경이 다른 지역에 비해 좋지 않기 때문에 추위를 견뎌야 하는 겨울보다는 난방 없이도, 따뜻한 물 없이도 큰 불편함이 없는 여름이 성수기가 된다. 아무리 여름에 사랑받는 유럽이라 하더라도 연말에는 크리스마스 마켓이나 루미나리에(Luminarie), 산타클로스를 보려는 여행객들로 북적인다. 북유럽은 겨울에 북극에 가까운 극한의 추위가 몰려오기 때문에 겨울 여행객이 많은 편이 아니다.

동남아 지역은 우기와 건기에 따라 고객 선호도가 달라지는데, 우기라고 해도 우리나라 장마처럼 며칠 동안 계속 비가 오는 것은 아니다. 스콜(열대성 강우)이 이따금씩 소나기처럼 짧게 퍼붓고 지나가는 정도로, 스콜이 내린 후 더 맑게 갠 하늘이 금세 펼쳐지기 때문에 관광에는 큰 지장이 없다.

세계 유명 축제도 방문 시기를 잘 잡아야 한다. 브라질 리우 카니발이나 독일 옥토버 페스트, 일본 삿포로 눈 축제 시기에는 해당 지역 방값이 천정부지로 뛰고 돈을 많이 줘도 방 구하기가 거의 불가능하다. 홍콩은 해마다 10월이면 연이은 컨벤션으로 홍콩 시내 거의 모든 호텔이 만실이 된다.

시간에 얽매이지 않는 직업이라면 경제적이고 알찬 여행을 하기 위해 딱 하나만 기억하자. '남들이 떠나지 않을 때 여행을 가면 대접도 받고 싸다.'

2015.06.15

소심한 사장의 20년 경영 에세이

죄송하지만 제가 사장입니다

초판 1쇄 발행일 | 2021년 3월 31일

지은이 | 이상호
편　집 | 이상필
디자인 | 조희정
발　행 | (주)엔북

주　소 | 우)07631 서울시 강서구 마곡중앙로 56 마곡사이언스타워2 809호
전　화 | 02-334-6721~2
팩　스 | 02-6910-0410
이메일 | goodbook@nbook.seoul.kr

신고 제 300-2003-161
ISBN　978-89-89683-63-6 03810

값 15,000원